Bernard Scale

Tables for the Easy Valuing of Estates

from one shilling to five pounds per acre

Bernard Scale

Tables for the Easy Valuing of Estates
from one shilling to five pounds per acre

ISBN/EAN: 9783337389758

Printed in Europe, USA, Canada, Australia, Japan

Cover: Foto ©Andreas Hilbeck / pixelio.de

More available books at **www.hansebooks.com**

TO THE
most High Puissant and Noble
PRINCE
James Fitzgerald
Duke of Leinster
Marquis and EARL of Kildare,
Earl and Baron of Ophaly in the
KINGDOM of IRELAND,
Viscount Leinster of Taplow in the
Kingdom of Great Britain, Premier Duke
Marquis, Earl and Baron of the Kingdom
of IRELAND, Governor of the County of
Kildare, Custos Rotulorum thereof,
and Lieutenant General of his Majesty's
Forces, &c, &c, &c.

THESE TABLES
Are most gratefully inscribed by
his Grace's most humble and most
Obedient Servant

B.ᵈ Scalé

CROM A BOO.

P. Halpin Sculp.ᵗ

INTRODUCTION.

THE encreasing Value of Lands in this King-
dom, demands the particular Attention of
every Perfon, anywife concerned therein; from the
Nobleman of the moft extenfive Eftate, down to the
Holder of a few Acres. The Author therefore pre-
fumes, that he will do a very important Service to all
who may have Occafion to purchafe, fell, lett, hold,
or value Lands, as in the following Tables, they
will find the Value or Rent of any Quantity, from
One Acre to One Hundred; and fo up to any
Number: and of any Number of Roods and Perches,
in each Acre refpectively, from One Shilling to Five
Pounds per Acre. The Author's extenfive Bufinefs in
Land Surveying, and Valuation, gives him many
Opportunities of feeing how effentially neceffary fuch
a Work as the following would be to every Proprietor
of Land, to Clergymen, Barrifters, Agents, Attor-
neys, Publick Notaries, Stewards, and alfo to the
Farmer, who has frequent Occafion to lett out fmall
Parcels of Land, to thofe in a fubordinate State.
It is likewife an invariable Guide, to thofe concerned
in dividing common Fields, where the Value of one
Part and the other, fo materially differ; it will guard
againft the unavoidable Errors proceeding from hafty
and inaccurate Calculations. In fine, it is a Standard
to correct Errors, and detect Impofitions; particular
Care has been taken in the Accuracy of all the Cal-
culations, and in arranging the whole in fuch a familiar
Manner, that Gentlemen will furely be pleafed in
being faved the Trouble of Calculations, and to
others incapable of fuch a Tafk, it muft be very im-
portant and fatisfactory. The Figures at the Top of
the firft and fecond Columns in each Page, exprefs
the Value or Rent of the Acre; the three Lines below
of the Roods, and the following Lines, the Value of

the

the Perches, from One to Thirty-nine, in Proportion to the Rent per Acre mentioned at the Top of the Column; which are in Pounds, Shillings, Pence, and Farthings, and Decimal Parts of a Farthing; and exprefs the full and exact Value of each Article. There is yet a further Advantage in thofe Tables, that as the *Irifh* Plantation, and *Englifh* Statute Acre, are both divided into the fame Number of Roods and Perches, they ferve equally to compute the Value of Land in both *Irifh* and *Englifh* Meafure.

For the more eafy underftanding thefe Tables, the Author has annexed two Examples.

Ex. I Suppofe it is defired to know, how much Rent 43 A. 3 R. 27 P. will amount to, at 11s. 6d. per Acre.

Look in the Tables for 11 s. 6 d. at the Top of the Column, and below againft the propofed Number of Acres, Roods and Perches will be found the exact Value; viz.

	A.	R.	P.		l.	s.	d.
Againft	43	0	0	——	24	14	6
	0	3	0	——	0	8	7½
	0	0	27	——	0	1	11¼
	43	3	27	——	25	5	0¾

Ex. II. What is the Rent of 3 R. 19 P. at 3 l. 17 s. 6 d. per Acre.

Find 3 l. 17 s 6 d. at the Top of the Column, and below will be feen the Value of the Parts propofed; viz.

	A.	R.	P.		l.	s.	d.
Againft	0	3	0	——	2	18	1½
	0	0	19	——	0	9	2¼
	0	3	19	——	3	7	3¾

CON-

CONTENTS.

PART I.

TABLES from One Shilling to Five Pounds per Acre.

PART II.

Reduction of *Englis̆h* Money into *Iris̆h*, et è contrà.

PART III.

Reduction of *Iris̆h* Plantation Meafure into *Englis̆h* Statute Meafure, et vice verfa.

PART IV.

Iris̆h Plantation Meafure into *Cunningham*, et vice verfa.

PART V.

A Table of Guineas from One to One Thoufand, reduced to *Iris̆h* Currency.

TA-

T A B L E S

For Valuing ESTATES from One Shilling to Five Pounds per Acre.

1 s. per Acre.					1 s. 6d. per Acre.			
Acres	l.	s.	d.	f. pts.	Acres	l.	s.	d.	f. pts.
1	0	1	0	0	1	0	1	6	0
2	0	2	0	0	2	0	3	0	0
3	0	3	0	0	3	0	4	6	0
4	0	4	0	0	4	0	6	0	0
5	0	5	0	0	5	0	7	6	0
6	0	6	0	0	6	0	9	0	0
7	0	7	0	0	7	0	10	6	0
8	0	8	0	0	8	0	12	0	0
9	0	9	0	0	9	0	13	6	0
10	0	10	0	0	10	0	15	0	0
20	1	00	0	0	20	1	10	0	0
30	1	10	0	0	30	2	5	0	0
40	2	00	0	0	40	3	0	0	0
50	2	10	0	0	50	3	15	0	0
60	3	00	0	0	60	4	10	0	0
70	3	10	0	0	70	5	5	0	0
80	4	00	0	0	80	6	0	0	0
90	4	10	0	0	90	6	15	0	0
100	5	00	0	0	100	7	10	0	0
Roods	l.	s.	d.	f. pts.	Roods	l.	s.	d.	f. pts.
3	0	0	9	0	3	0	1	1	2 0
2	0	0	6	0	2	0	0	9	0 0
1	0	0	3	0	1	0	0	4	2 0
Perchs.	l.	s.	d.	f. pts.	Perchs.	l.	s.	d.	f. pts.
30	0	0	2	1 0	30	0	0	3	1 ·5
20	0	0	1	2 0	20	0	0	2	1 0
10	0	0	0	3 0	10	0	0	1	0 ·5
9	0	0	0	2 ·7	9	0	0	1	0 .05
8	0	0	0	2 ·4	8	0	0	0	3 .6
7	0	0	0	2 ·1	7	0	0	0	3 .15
6	0	0	0	1 .8	6	0	0	0	2 ·7
5	0	0	0	1 ·5	5	0	0	0	2 .25
4	0	0	0	1 .2	4	0	0	0	1 .8
3	0	0	0	0 .9	3	0	0	0	1 .35
2	0	0	0	0 .6	2	0	0	0	0 .9
1	0	0	0	0 ·3	1	0	0	0	0 .45

A

TABLES

For Valuing Estates from One Shilling to Five Pounds per Acre.

2 s. per Acre.					2 s. 6 d per Acre.			
Acres	l.	s.	d.	f. pts.	Acres	l.	s.	d.	f. pts.
1	0	2	0	0	1	0	2	6	0
2	0	4	0	0	2	0	5	0	0
3	0	6	0	0	3	0	7	6	0
4	0	8	0	0	4	0	10	0	0
5	0	10	0	0	5	0	12	6	0
6	0	12	0	0	6	0	15	0	0
7	0	14	0	0	7	0	17	6	0
8	0	16	0	0	8	1	0	0	0
9	0	18	0	0	9	1	2	6	0
10	1	0	0	0	10	1	5	0	0
20	2	0	0	0	20	2	10	0	0
30	3	0	0	0	30	3	15	0	0
40	4	0	0	0	40	5	0	0	0
50	5	0	0	0	50	6	5	0	0
60	6	0	0	0	60	7	10	0	0
70	7	0	0	0	70	8	15	0	0
80	8	0	0	0	80	10	0	0	0
90	9	0	0	0	90	11	5	0	0
100	10	0	0	0	100	12	10	0	0
Roods	l.	s.	d.	f. pts.	Roods	l.	s.	d.	f. pts.
3	0	1	6	0	3	0	1	10	2 0
2	0	1	0	0	2	0	1	3	0 0
1	0	0	6	0	1	0	0	7	2 0
Perchs.	l.	s.	d.	f. pts.	Perchs.	l.	s.	d.	f. pts.
30	0	0	4	2 0	30	0	0	5	2 ·5
20	0	0	3	0 0	20	0	0	3	3 0
10	0	0	1	2 0	10	0	0	1	3 ·5
9	0	0	1	1 ·4	9	0	0	1	2 ·75
8	0	0	1	0 ·8	8	0	0	1	2 0
7	0	0	1	0 ·2	7	0	0	1	1 ·25
6	0	0	0	3 ·6	6	0	0	1	0 ·5
5	0	0	0	3 0	5	0	0	0	3 ·75
4	0	0	0	2 ·4	4	0	0	0	3 0
3	0	0	0	1 ·8	3	0	0	0	2 ·25
2	0	0	0	1 ·2	2	0	0	0	1 ·5
1	0	0	0	0 ·6	1	0	0	0	0 ·75

For Valuing Estates from One Shilling to Five Pounds per Acre.

3 s. per Acre.				3 s. 6 d. per Acre.				
Acres	l.	s.	d.	f. pts.	Acres	l.	s.	d.	f. pts.
1	0	3	0	0	1	0	3	6	0
2	0	6	0	0	2	0	7	0	0
3	0	9	0	0	3	0	10	6	0
4	0	12	0	0	4	0	14	0	0
5	0	15	0	0	5	0	17	6	0
6	0	18	0	0	6	1	1	0	0
7	1	1	0	0	7	1	4	6	0
8	1	4	0	0	8	1	8	0	0
9	1	7	0	0	9	1	11	6	0
10	1	10	0	0	10	1	15	0	0
20	3	0	0	0	20	3	10	0	0
30	4	10	0	0	30	5	5	0	0
40	6	0	0	0	40	7	0	0	0
50	7	10	0	0	50	8	15	0	0
60	9	0	0	0	60	10	10	0	0
70	10	10	0	0	70	12	5	0	0
80	12	0	0	0	80	14	0	0	0
90	13	10	0	0	90	15	15	0	0
100	15	0	0	0	100	17	10	0	0
Roods	l.	s.	d.	f. pts.	Roods	l.	s.	d.	f. pts.
3	0	2	3	0	3	0	2	7	2 0
2	0	1	6	0	2	0	1	9	0 0
1	0	0	9	0	1	0	0	10	2 0
Perchs.	l.	s.	d.	f. pts.	Perchs.	l.	s.	d.	f. pts.
30	0	0	6	3 0	30	0	0	7	3 .5
20	0	0	4	2 0	20	0	0	5	1 0
10	0	0	2	1 0	10	0	0	2	2 .5
9	0	0	2	0 .1	9	0	0	2	1 .45
8	0	0	1	3 .2	8	0	0	2	0 .4
7	0	0	1	2 .3	7	0	0	1	3 .35
6	0	0	1	1 .4	6	0	0	1	2 .3
5	0	0	1	0 .5	5	0	0	1	1 .25
4	0	0	0	3 .6	4	0	0	1	0 .2
3	0	0	0	2 .7	3	0	0	0	3 .15
2	0	0	0	1 .8	2	0	0	0	2 .1
1	0	0	0	0 .9	1	0	0	0	1 .05

TABLES

For Valuing ESTATES from One Shilling to Five Pounds per Acre.

4 s. per Acre.					4 s. 6 d. per Acre.				
Acres	l.	s.	d.	f. pts.	Acres	l.	s.	d.	f. pts.
1	0	4	0	0	1	0	4	6	0
2	0	8	0	0	2	0	9	0	0
3	0	12	0	0	3	0	13	6	0
4	0	16	0	0	4	0	18	0	0
5	1	0	0	0	5	1	2	6	0
6	1	4	0	0	6	1	7	0	0
7	1	8	0	0	7	1	11	6	0
8	1	12	0	0	8	1	16	0	0
9	1	16	0	0	9	2	0	6	0
10	2	0	0	0	10	2	5	0	0
20	4	0	0	0	20	4	10	0	0
30	6	0	0	0	30	6	15	0	0
40	8	0	0	0	40	9	0	0	0
50	10	0	0	0	50	11	5	0	0
60	12	0	0	0	60	13	10	0	0
70	14	0	0	0	70	15	15	0	0
80	16	0	0	0	80	18	0	0	0
90	18	0	0	0	90	20	5	0	0
100	20	0	0	0	100	22	10	0	0
Roods	l.	s.	d.	f. pts.	Roods	l.	s.	d.	f. pts.
3	0	3	0	0	3	0	3	4	2 0
2	0	2	0	0	2	0	2	3	0 0
1	0	1	0	0	1	0	1	1	2 0
Perches	l.	s.	d.	f. pts	Perches	l.	s.	d.	f. pts
30	0	0	9	0 0	30	0	0	10	0 .5
20	0	0	6	0 0	20	0	0	6	3 0
10	0	0	3	0 0	10	0	0	3	1 .5
9	0	0	2	2 .8	9	0	0	3	0 .15
8	0	0	2	1 .6	8	0	0	2	2 .8
7	0	0	2	0 .4	7	0	0	2	1 .45
6	0	0	1	3 .2	6	0	0	2	0 .1
5	0	0	1	2 0	5	0	0	1	2 .75
4	0	0	1	0 .8	4	0	0	1	1 .4
3	0	0	0	3 .6	3	0	0	1	0 .05
2	0	0	0	2 .4	2	0	0	0	2 .7
1	0	0	0	1 .2	1	0	0	0	1 .35

For Valuing ESTATES from One Shilling to Five Pounds per Acre.

	5 s. per Acre.				5 s. 6 d. per Acre.			
Acres	l.	s.	d.	f. pts.	Acres	l.	s.	d.	f. pts.
1	0	5	0	0	1	0	5	0	0
2	0	10	0	0	2	0	11	0	0
3	0	15	0	0	3 ·	0	16	6	0
4	1	0	0	0	4	1	2	0	0
5	1	5	0	0	5	1	7	6	0
6	1	10	0	0	6	1	13	0	0
7	1	15	0	0	7	1	18	6	0
8	2	0	0	0	8	2	4	0	0
9	2	5	0	0	9	2	9	6	0
10	2	10	0	0	10	2	15	0	0
20	5	0	0	0	20	5	10	0	0
30	7	10	0	0	30	8	5	0	0
40	10	0	0	0	40	11	0	0	0
50	12	10	0	· 0	50	13	15	0	0
60	15	0	0	0	60	16	10	0	0
70	17	10	0	0	70	19	5	0	0
80	20	0	0	0	80	22	0	0	0
90	22	10	0	0	90	24	15	0	0
100	25	0	0	0	100	27	10	0	0
Roods	l.	s.	d.	f. pts.	Roods	l.	s.	d.	f. pts.
3	0	3	9	0	3	0	4	1	2 0
2	0	2	6	0	2	0	2	9	0 0
1	0	1	3	0	1	0	1	4	2 0
Perchs.	l.	s.	d.	f. pts.	Perchs.	l.	s.	d.	f. pts.
30	0	0	11	1 0	30	0	1	0	1 .5
20	0	0	7	2 0	20	0	0	8	1 0
10	0	0	3	3 0	10	0	0	4	0 .5
9	0	0	3	1 .5	9	0	0	3	2 .85
8	0	0	3	0 0	8	0	0	3	1 .2
7	0	0	2	2 .5	7	0	0	2	3 .55
6	0	0	2	1 0	6	0	0	2	1 .9
5	0	0	1	3 .5	5	0	0	2	0 .25
4	0	0	1	2 0	4	0	0	1	2 .6
3	0	0	1	0 .5	3	0	0	1	0 .95
2	0	0	0	3 0	2	0	0	0	3 .3
1	0	0	0	1 .5	1	0	0	0	1 .65

T A B L E S

For Valuing Estates from One Shilling to Five Pounds per Acre.

6 s. per Acre.

Acres	l.	s.	d.	f. pts.
1	0	6	0	0
2	0	12	0	0
3	0	18	0	. 0
4	1	4	0	0
5	1	10	0	0
6	1	16	0	0
7	2	2	0	0
8	2	8	0	0
9	2	14	0	0
10	3	0	0	0
20	6	0	0	0
30	9	0	0	0
40	12	0	0	0
50	15	0	0	0
60	18	0	0	0
70	21	0	0	0
80	24	0	0	0
90	27	0	0	0
100	30	0	0	0

Roods	l.	s.	d.	f. pts.
3	0	4	6	0
2	0	3	0	0
1	0	1	6	0

Perchs.	l.	s.	d.	f. pts.
30	0	1	1	2 0
20	0	0	9	0 0
10	0	0	4	2 0
9	0	0	4	0 .2
8	0	0	3	2 .4
7	0	0	3	0 .6
6	0	0	2	2 .8
5	0	0	2	1 0
4	0	0	1	3 .2
3	0	0	1	1 .4
2	0	0	0	3 .6
1	0	0	0	1 .8

6 s. 6 d. per Acre.

Acres	l.	s.	d.	f. pts.
1	0	6	6	0
2	0	13	0	0
3	0	19	6	0
4	1	6	0	0
5	1	12	6	0
6	1	19	0	0
7	2	5	6	0
8	2	12	0	0
9	2	18	6	0
10	3	5	0	0
20	6	10	0	0
30	9	15	0	0
40	13	0	0	0
50	16	5	0	0
60	19	10	0	0
70	22	15	0	0
80	26	0	0	0
90	29	5	0	0
100	32	10	0	0

Roods	l.	s.	d.	f. pts.
3	0	4	10	2 0
2	0	3	3	0 0
1	0	1	7	2 0

Perchs.	l.	s.	d.	f. pts.
30	0	1	2	2 .5
20	0	0	9	3 0
10	0	0	4	3 .5
9	0	0	4	1 .55
8	0	0	3	3 .6
7	0	0	3	1 .65
6	0	0	2	3 .7
5	0	0	2	1 .75
4	0	0	1	3 .8
3	0	0	1	1 .85
2	0	0	0	3 .9
1	0	0	0	1 .95

For Valuing Estates from One Shilling to Five Pounds per Acre.

Acres	7 s. per Acre. l.	s.	d.	f. pts.	Acres	7 s. 6 d. per Acre. l.	s.	d.	f. pts.
1	0	7	0	0	1	0	7	6	0
2	0	14	0	0	2	0	15	0	0
3	1	1	0	0	3	1	2	6	0
4	1	8	0	0	4	1	10	0	0
5	1	15	0	0	5	1	17	6	0
6	2	2	0	0	6	2	5	0	0
7	2	9	0	0	7	2	12	6	0
8	2	16	0	0	8	3	0	0	0
9	3	3	0	0	9	3	7	6	0
10	3	10	0	0	10	3	15	0	0
20	7	0	0	0	20	7	10	0	0
30	10	10	0	0	30	11	5	0	0
40	14	0	0	0	40	15	0	0	0
50	17	10	0	0	50	18	15	0	0
60	21	0	0	0	60	22	10	0	0
70	24	10	0	0	70	26	5	0	0
80	28	0	0	0	80	30	0	0	0
90	31	10	0	0	90	33	15	0	0
100	35	0	0	0	100	37	10	0	0

Roods	l.	s.	d.	f. pts.	Roods	l.	s.	d.	f. pts.
3	0	5	3	0	3	0	5	7	2 0
2	0	3	6	0	2	0	3	9	0 0
1	0	1	9	0	1	0	1	10	2 0

Perchs.	l.	s,	d.	f. pts.	Perchs.	l.	s.	d.	f. pts.
30	0	1	3	3 0	30	0	1	4	3 .5
20	0	0	10	2 0	20	0	0	11	1 0
10	0	0	5	1 0	10	0	0	5	2 .5
9	0	0	4	2 .9	9	0	0	5	0 .25
8	0	0	4	0 .8	8	0	0	4	2 0
7	0	0	3	2 .7	7	0	0	3	3 .75
6	0	0	3	0 .6	6	0	0	3	1 .5
5	0	0	2	2 .5	5	0	0	2	3 .25
4	0	0	2	0 .4	4	0	0	2	1 0
3	0	0	1	2 .3	3	0	0	1	2 .75
2	0	0	1	0 .2	2	0	0	1	0 .5
1	0	0	0	2 .1	1	0	0	0	2 .25

T A B L E S

For Valuing Estates from One Shilling to Five Pounds per Acre.

8 s. per Acre.

Acres	l.	s.	d.	f. pts.
1	0	8	0	0
2	0	16	0	0
3	1	4	0	0
4	1	12	0	0
5	2	0	0	0
6	2	8	0	0
7	2	16	0	0
8	3	4	0	0
9	3	12	0	0
10	4	0	0	0
20	8	0	0	0
30	12	0	0	0
40	16	0	0	0
50	20	0	0	0
60	24	0	0	0
70	28	0	0	0
80	32	0	0	0
90	36	0	0	0
100	40	0	0	0

Roods	l.	s.	d.	f. pts.
3	0	6	0	0
2	0	4	0	0
1	0	2	0	0

Perchs.	l.	s.	d.	f. pts.
30	0	1	6	0 0
20	0	1	0	0 0
10	0	0	6	0 0
9	0	0	5	1 .6
8	0	0	4	3 .2
7	0	0	4	0 .8
6	0	0	3	2 4
5	0	0	3	0 .0
4	0	0	2	1 .6
3	0	0	1	3 .2
2	0	0	1	0 .8
1	0	0	0	2 .4

8 s. 6 d. per Acre.

Acres	l.	s.	d.	f. pts.
1	0	8	6	0
2	0	17	0	0
3	1	5	6	0
4	1	14	0	0
5	2	2	6	0
6	2	11	0	0
7	2	19	6	0
8	3	8	0	0
9	3	16	6	0
10	4	5	0	0
20	8	10	0	0
30	12	15	0	0
40	17	0	0	0
50	21	5	0	0
60	25	10	0	0
70	29	15	0	0
80	34	0	0	0
90	38	5	0	0
100	42	10	0	0

Roods	l.	s.	d.	f. pts.
3	0	6	4	2 0
2	0	4	3	0 0
1	0	2	1	2 0

Perchs.	l.	s.	d.	f. pts.
30	0	1	7	0 .5
20	0	1	0	3 0
10	0	0	6	1 .5
9	0	0	5	2 .95
8	0	0	5	0 .4
7	0	0	4	1 .85
6	0	0	3	3 .3
5	0	0	3	0 .75
4	0	0	2	2 .2
3	0	0	1	3 .65
2	0	0	1	1 .1
1	0	0	0	2 .55

TABLES

For Valuing ESTATES from One Shilling to Five Pounds per Acre.

9 s. per Acre.					9 s. 6 d. per Acre.				
Acres	l.	s.	d.	f. pts.	Acres	l.	s.	d.	f. pts.
1	0	9	0	0	1	0	9	6	0
2	0	18	0	0	2	0	19	0	0
3	1	7	0	0	3	1	8	6	0
4	1	16	0	0	4	1	18	0	0
5	2	5	0	0	5	2	7	6	0
6	2	14	0	0	6	2	17	0	0
7	3	3	0	0	7	3	6	6	0
8	3	12	0	0	8	3	16	0	0
9	4	1	0	0	9	4	5	6	0
10	4	10	0	0	10	4	15	0	0
20	9	0	0	0	20	9	10	0	0
30	13	10	0	0	30	14	5	0	0
40	18	0	0	0	40	19	0	0	0
50	22	10	0	0	50	23	15	0	0
60	27	0	0	0	60	28	10	0	0
70	31	10	0	0	70	33	5	0	0
80	36	0	0	0	80	38	0	0	0
90	40	10	0	0	90	42	15	0	0
100	45	0	0	0	100	47	10	0	0
Roods	l.	s.	d.	f. pts.	Roods	l.	s.	d.	f. pts.
3	0	6	9	0	3	0	7	1	2 0
2	0	4	6	0	2	0	4	9	0 0
1	0	2	3	0	1	0	2	4	2 0
Perchs.	l.	s.	d.	f. pts.	Perchs.	l.	s.	d.	f. pts.
30	0	1	8	1 0	30	0	1	9	1 .5
20	0	1	1	2 0	20	0	1	2	1 .0
10	0	0	6	3 0	10	0	0	7	0 .5
9	0	0	6	0 .3	9	0	0	6	1 .65
8	0	0	5	1 .6	8	0	0	5	2 .8
7	0	0	4	2 .9	7	0	0	4	3 .95
6	0	0	4	0 .2	6	0	0	4	1 .1
5	0	0	3	1 .5	5	0	0	3	2 .25
4	0	0	2	2 .8	4	0	0	2	3 .4
3	0	0	2	0 .1	3	0	0	2	0 .55
2	0	0	1	1 .4	2	0	0	1	1 .7
1	0	0	0	2 .7	1	0	0	0	2 .85

For Valuing ESTATES from One Shilling to Five
Pounds per Acre.

10 s. per Acre.					10 s. 6 d. per Acre.				
Acres	l.	s.	d.	f. pts.	Acres	l	s.	d.	f. pts.
1	0	10	0	0	1	0	10	6	0
2	1	0	0	0	2	1	1	0	0
3	1	10	0	0	3	1	11	6	0
4	2	0	0	0	4	2	2	0	0
5	2	10	0	0	5	2	12	6	0
6	3	0	0	0	6	3	3	0	0
7	3	10	0	0	7	3	13	6	0
8	4	0	0	0	8	4	4	0	0
9	4	10	0	0	9	4	14	6	0
10	5	0	0	0	10	5	5	0	0
20	10	0	0	0	20	10	10	0	0
30	15	0	0	0	30	15	15	0	0
40	20	0	0	0	40	21	0	0	0
50	25	0	0	0	50	26	5	0	0
60	30	0	0	0	60	31	10	0	0
70	35	0	0	0	70	36	15	0	0
80	40	0	0	0	80	42	0	0	0
90	45	0	0	0	90	47	5	0	0
100	50	0	0	0	100	52	10	0	0
Roods	l.	s.	d.	f. pts.	Roods	l.	s.	d.	f. pts.
3	0	7	6	0	3	0	7	10	2 0
2	0	5	0	0	2	0	5	3	0 0
1	0	2	6	0	1	0	2	7	2 0
Perchs.	l.	s.	d.	f. pts.	Perchs.	l.	s.	d.	f. pts.
30	0	1	10	2 0	30	0	1	11	2 .5
20	0	1	3	0 0	20	0	1	3	3 .3
10	0	0	7	2 0	10	0	0	7	3 .5
9	0	0	6	3 0	9	0	0	7	0 .35
8	0	0	6	0 0	8	0	0	6	1 .2
7	0	0	5	1 0	7	0	0	5	2 .05
6	0	0	4	2 0	6	0	0	4	2 .9
5	0	0	3	3 0	5	0	0	3	3 .75
4	0	0	3	0 0	4	0	0	3	0 .6
3	0	0	2	1 0	3	0	0	2	1 .45
2	0	0	1	2 0	2	0	0	1	2 .3
1	0	0	0	3 0	1	0	0	0	3 .15

For Valuing Estates from One Shilling to Five Pounds per Acre.

11 s. per Acre.				11 s. 6 d. per Acre.			
Acres	l.	s.	d.	f. pts.	Acres	l.	s.	d.	f. pts.
1	0	11	0	0	1	0	11	6	0
2	1	2	0	0	2	1	3	0	0
3	1	13	0	0	3	1	14	6	0
4	2	4	0	0	4	2	6	0	0
5	2	15	0	0	5	2	17	6	0
6	3	6	0	0	6	3	9	0	0
7	3	17	0	0	7	4	0	6	0
8	4	8	0	0	8	4	12	0	0
9	4	19	0	0	9	5	3	6	0
10	5	10	0	0	10	5	15	0	0
20	11	0	0	0	20	11	10	0	0
30	16	10	0	0	30	17	5	0	0
40	22	0	0	0	40	23	0	0	0
50	27	10	0	0	50	28	15	0	0
60	33	0	0	0	60	34	10	0	0
70	38	10	0	0	70	40	5	0	0
80	44	0	0	0	80	46	0	0	0
90	49	10	0	0	90	51	15	0	0
100	55	0	0	0	100	57	10	0	0
Roods	l.	s.	d.	f. pts.	Roods	l.	s.	d.	f. pts.
3	0	8	3	0	3	0	8	7	2 0
2	0	5	6	0	2	0	5	9	0 0
1	0	2	9	0	1	0	2	10	2 0
Perchs.	l.	s.	d.	f. pts.	Perchs.	l.	s.	d.	f. pts.
30	0	2	0	3 0	30	0	2	1	3 .5
20	0	1	4	2 0	20	0	1	5	1 0
10	0	0	8	1 0	10	0	0	8	2 .5
9	0	0	7	1 .7	9	0	0	7	3 .05
8	0	0	6	2 .4	8	0	0	6	3 .6
7	0	0	5	3 .1	7	0	0	6	0 .15
6	0	0	4	3 .8	6	0	0	5	0 .7
5	0	0	4	0 .5	5	0	0	4	1 .25
4	0	0	3	1 .2	4	0	0	3	1 .8
3	0	0	2	1 .9	3	0	0	2	2 .35
2	0	0	1	2 .6	2	0	0	1	2 .9
1	0	0	0	3 .3	1	0	0	0	3 .45

TABLES

For Valuing ESTATES from One Shilling to Five Pounds per Acre.

12 s. per Acre.					12 s. 6 d. per Acre.				
Acres	l.	s.	d.	f. pts.	Acres	l.	s.	d.	f. pts.
1	0	12	0	0	1	0	12	6	0
2	1	4	0	0	2	1	5	0	0
3	1	16	0	0	3	1	17	6	0
4	2	8	0	0	4	2	10	0	0
5	3	0	0	0	5	3	2	6	0
6	3	12	0	0	6	3	15	0	0
7	4	4	0	0	7	4	7	6	0
8	4	16	0	0	8	5	0	0	0
9	5	8	0	0	9	5	12	6	0
10	6	0	0	0	10	6	5	0	0
20	12	0	0	0	20	12	10	0	0
30	18	0	0	0	30	18	15	0	0
40	24	0	0	0	40	25	0	0	0
50	30	0	0	0	50	31	5	0	0
60	36	0	0	0	60	37	10	0	0
70	42	0	0	0	70	43	15	0	0
80	48	0	0	0	80	50	0	0	0
90	54	0	0	0	90	56	5	0	0
100	60	0	0	0	100	62	10	0	0
Roods	l.	s.	d.	f. pts.	Roods	l.	s.	d.	f. pts.
3	0	9	0	0	3	0	9	4	2 0
2	0	6	0	0	2	0	6	3	0 0
1	0	3	0	0	1	0	3	1	2 0
Perchs.	l.	s.	d.	f. pts.	Perchs.	l.	s.	d.	f. pts.
30	0	2	3	0 0	30	0	2	4	0 .5
20	0	1	6	0 0	20	0	1	6	3 0
10	0	0	9	0 0	10	0	0	9	1 .5
9	0	0	8	0 .4	9	0	0	8	1 .75
8	0	0	7	0 .8	8	0	0	7	2 0
7	0	0	6	1 .2	7	0	0	6	2 .25
6	0	0	5	1 .6	6	0	0	5	2 .5
5	0	0	4	2 0	5	0	0	4	2 .75
4	0	0	3	2 .4	4	0	0	3	3 0
3	0	0	2	2 .8	3	0	0	2	3 .25
2	0	0	1	3 .2	2	0	0	1	3 .5
1	0	0	0	3 .6	1	0	0	0	3 .75

For Valuing ESTATES from One Shilling to Five Pounds per Acre.

13 s. per Acre.				13 s. 6 d. per Acre.			
Acres	l.	s.	d.	f. pts.	Acres	l.	s.	d.	f. pts.

Acres	l.	s.	d.	f. pts.	Acres	l.	s.	d.	f. pts.
1	0	13	0	0	1	0	13	6	0
2	1	6	0	0	2	1	7	0	0
3	1	19	0	0	3	2	0	6	0
4	2	12	0	0	4	2	14	0	0
5	3	5	0	0	5	3	7	6	0
6	3	18	0	0	6	4	1	0	0
7	4	11	0	0	7	4	14	6	0
8	5	4	0	0	8	5	8	0	0
9	5	17	0	0	9	6	1	6	0
10	6	10	0	0	10	6	15	0	0
20	13	0	0	0	20	13	10	0	0
30	19	10	0	0	30	20	5	0	0
40	26	0	0	0	40	27	0	0	0
50	32	10	0	0	50	33	15	0	0
60	39	0	0	0	60	40	10	0	0
70	45	10	0	0	70	47	5	0	0
80	52	0	0	0	80	54	0	0	0
90	58	10	0	0	90	60	15	0	0
100	65	0	0	0	100	67	10	0	0

Roods	l.	s.	d.	f. pts.	Roods	l.	s.	d.	f. pts.
3	0	9	9	0	3	0	10	1	2 0
2	0	6	6	0	2	0	6	9	0 0
1	0	3	3	0	1	0	3	4	2 0

Perchs.	l.	s.	d.	f. pts.	Perchs.	l.	s.	d.	f. pts.
30	0	2	5	1 0	30	0	2	6	1 .5
20	0	1	7	2 0	20	0	1	8	1 0
10	0	0	9	3 0	10	0	0	10	0 .5
9	0	0	8	3 .1	9	0	0	9	0 .45
8	0	0	7	3 .2	8	0	0	8	0 4
7	0	0	6	3 .3	7	0	0	7	0 .35
6	0	0	5	3 .4	6	0	0	6	0 .3
5	0	0	4	3 .5	5	0	0	5	0 .25
4	0	0	3	3 .6	4	0	0	4	0 .2
3	0	0	2	3 .7	3	0	0	3	0 .15
2	0	0	1	3 .8	2	0	0	2	0 .1
1	0	0	0	3 .9	1	0	0	1	0 .05

For Valuing Estates from One Shilling to Five Pounds per Acre.

14 s. per Acre.					14 s. 6 d. per Acre.				
Acres	l.	s.	d.	f. pts.	Acres	l.	s.	d.	f. pts.
1	0	14	0	0	1	0	14	6	0
2	1	8	0	0	2	1	9	0	0
3	2	2	0	0	3	2	3	6	0
4	2	16	0	0	4	2	18	0	0
5	3	10	0	0	5	3	12	6	0
6	4	4	0	0	6	4	7	0	0
7	4	18	0	0	7	5	1	6	0
8	5	12	0	0	8	5	16	0	0
9	6	6	0	0	9	6	10	6	0
10	7	0	0	0	10	7	5	0	0
20	14	0	0	0	20	14	10	0	0
30	21	0	0	0	30	21	15	0	0
40	28	0	0	0	40	29	0	0	0
50	35	0	0	0	50	36	5	0	0
60	42	0	0	0	60	43	10	0	0
70	49	0	0	0	70	50	15	0	0
80	56	0	0	0	80	58	0	0	0
90	63	0	0	0	90	65	5	0	0
100	70	0	0	0	100	72	10	0	0
Roods	l.	s.	d.	f. pts.	Roods	l.	s.	d.	f. pts.
3	0	10	6	0	3	0	10	10.	2 0
2	0	7	0	0	2	0	7	3	0 0
1	0	3	6	0	1	0	3	7	2 0
Perchs.	l.	s.	d.	f. pts.	Perchs	l.	s.	d.	f. pts.
30	0	2	7	2 0	30	0	2	8	2 .5
20	0	1	9	0 0	20	0	1	9	3 0
10	0	0	10	2 0	10	0	0	10	3 .5
9	0	0	9	1 .8	9	0	0	9	3 .15
8	0	0	8	1 6	8	0	0	8	2 .8
7	0	0	7	1 .4	7	0	0	7	2 .45
6	0	0	6	1 .2	6	0	0	6	2 .1
5	0	0	5	1 0	5	0	0	5	1 .75
4	0	0	4	0 .8	4	0	0	4	2 .4
3	0	0	3	0 .6	3	0	0	3	1 05
2	0	0	2	0 .4	2	0	0	2	0 .7
1	0	0	1	0 .2	1	0	0	1	0 .35

For Valuing ESTATES from One Shilling to Five Pounds per Acre.

15 s. per Acre.					15 s. 6 d. per Acre.				
Acres	l.	s.	d.	f. pts.	Acres	l.	s.	d.	f. pts.
1	0	15	0	0	1	0	15	6	0
2	1	10	0	0	2	1	11	0	0
3	2	5	0	0	3	2	6	6	0
4	3	0	0	0	4	3	2	0	0
5	3	15	0	0	5	3	17	6	0
6	4	10	0	0	6	4	13	0	0
7	5	5	0	0	7	5	8	6	0
8	6	0	0	0	8	6	4	0	0
9	6	15	0	0	9	6	19	6	0
10	7	10	0	0	10	7	15	0	0
20	15	0	0	0	20	15	10	0	0
30	22	10	0	0	30	23	5	0	0
40	30	0	0	0	40	31	0	0	0
50	37	10	0	0	50	38	15	0	0
60	45	0	0	0	60	46	10	0	0
70	52	10	0	0	70	54	5	0	0
80	60	0	0	0	80	62	0	0	0
90	67	10	0	0	90	69	15	0	0
100	75	0	0	0	100	77	10	0	0
Roods	l.	s.	d.	f. pts.	Roods	l.	s.	d.	f. pts.
3	0	11	3	0	3	0	11	7	2 0
2	0	7	6	0	2	0	7	9	0 0
1	0	3	9	0	1	0	3	10	2 0
Perchs.	l.	s.	d.	f. pts.	Perchs.	l.	s.	d.	f. pts.
30	0	2	9	3 0	30	0	2	10	3 .5
20	0	1	10	2 0	20	0	1	11	1 0
10	0	0	11	1 0	10	0	0	11	2 .5
9	0	0	10	0 .5	9	0	0	10	1 .85
8	0	0	9	0 0	8	0	0	9	1 .2
7	0	0	7	3 .5	7	0	0	8	0 .55
6	0	0	6	3 0	6	0	0	6	3 .9
5	0	0	5	2 .5	5	0	0	5	3 .25
4	0	0	4	2 0	4	0	0	4	2 .6
3	0	0	3	1 .5	3	0	0	3	1 .95
2	0	0	2	1 0	2	0	0	2	1 .3
1	0	0	1	0 .5	1	0	0	1	0 .65

For Valuing Estates from One Shilling to Five
Pounds per Acre.

16 s. per Acre.					16 s. 6 d. per Acre.				
Acres	l.	s.	d.	f. pts.	Acres	l.	s.	d.	f. pts.
1	0	16	0	0	1	0	16	6	0
2	1	12	0	0	2	1	13	0	0
3	2	8	0	0	3	2	9	6	0
4	3	4	0	0	4	3	6	0	0
5	4	0	0	0	5	4	2	6	0
6	4	16	0	0	6	4	19	0	0
7	5	12	0	0	7	5	15	6	0
8	6	8	0	0	8	6	12	0	0
9	7	4	0	0	9	7	8	6	0
10	8	0	0	0	10	8	5	0	0
20	16	0	0	0	20	16	10	0	0
30	24	0	0	0	30	24	15	0	0
40	32	0	0	0	40	33	0	0	0
50	40	0	0	0	50	41	5	0	0
60	48	0	0	0	60	49	10	0	0
70	56	0	0	0	70	57	15	0	0
80	64	0	0	0	80	66	0	0	0
90	72	0	0	0	90	74	5	0	0
100	80	0	0	0	100	82	10	0	0
Roods	l.	s.	d.	f. pts.	Roods	l.	s.	d.	f. pts.
3	0	12	0	0	3	0	12	4	2 0
2	0	8	0	0	2	0	8	3	0 0
1	0	4	0	0	1	0	4	1	2 0
Perchs.	l.	s.	d.	f. pts.	Perchs.	l.	s.	d.	f. pts.
30	0	3	0	0 0	30	0	3	1	0 .5
20	0	2	0	0 0	20	0	2	0	3 0
10	0	1	0	0 0	10	0	1	0	1 .5
9	0	0	10	3 .2	9	0	0	11	0 .55
8	0	0	9	2 .4	8	0	0	9	3 .6
7	0	0	8	1 .6	7	0	0	8	2 .65
6	0	0	7	0 .8	6	0	0	7	1 .7
5	0	0	6	0 0	5	0	0	6	0 .75
4	0	0	4	3 .2	4	0	0	4	3 .8
3	0	0	3	2 .4	3	0	0	3	2 .85
2	0	0	2	1 .6	2	0	0	2	1 .9
1	0	0	1	0 .8	1	0	0	1	0 .95

For Valuing Estates from One Shilling to Five Pounds per Acre.

17 s. per Acre.					17 s. 6 d. per Acre.				
Acres	l.	s.	d.	f. pts.	Acres	l.	s.	d.	f. pts.
1	0	17	0	0	1	0	17	6	0
2	1	14	0	0	2	1	15	0	0
3	2	11	0	0	3	2	12	6	0
4	3	8	0	0	4	3	10	0	0
5	4	5	0	0	5	4	7	6	0
6	5	2	0	0	6	5	5	0	0
7	5	19	0	0	7	6	2	6	0
8	6	16	0	0	8	7	0	0	0
9	7	13	0	0	9	7	17	6	0
10	8	10	0	0	10	8	15	0	0
20	17	0	0	0	20	17	10	0	0
30	25	10	0	0	30	26	5	0	0
40	34	0	0	0	40	35	0	0	0
50	42	10	0	0	50	43	15	0	0
60	51	0	0	0	60	52	10	0	0
70	59	10	0	0	70	61	5	0	0
80	68	0	0	0	80	70	0	0	0
90	76	10	0	0	90	78	15	0	0
100	85	0	0	0	100	87	10	0	0
Roods	l.	s.	d.	f. pts.	Roods	l.	s.	d.	f. pts.
3	0	12	9	0	3	0	13	1	2 0
2	0	8	6	0	2	0	8	9	0 0
1	0	4	3	0	1	0	4	4	2 0
Perens.	l.	s.	d.	f. pts.	Perchs.	l.	s.	d.	f. pts.
30	0	3	2	1 0	30	0	3	3	1 .5
20	0	2	1	2 0	20	0	2	2	1 0
10	0	1	0	3 0	10	0	1	1	0 .5
9	0	0	11	1 .9	9	0	0	11	3 .25
8	0	0	10	0 .8	8	0	0	10	2 0
7	0	0	8	3 .7	7	0	0	9	0 .75
6	0	0	7	2 .6	6	0	0	7	3 .5
5	0	0	6	1 .5	5	0	0	6	2 .25
4	0	0	5	0 .4	4	0	0	5	1 0
3	0	0	3	3 .3	3	0	0	3	3 .75
2	0	0	2	2 .2	2	0	0	2	2 .5
1	0	0	1	1 .1	1	0	0	1	1 .25

C

T A B L E S

For Valuing ESTATES from One Shilling to Five
Pounds per Acre.

Acres	18 s. per Acre.					Acres	18 s. 6 d. per Acre.				
	l.	s.	d.	f. pts.			l.	s.	d.	f. pts.	
1	0	18	0	0		1	0	18	6	0	
2	1	16	0	0		2	1	17	0	0	
3	2	14	0	0		3	2	15	6	0	
4	3	12	0	0		4	3	14	0	0	
5	4	10	0	0		5	4	12	6	0	
6	5	8	0	0		6	5	11	0	0	
7	6	6	0	0		7	6	9	6	0	
8	7	4	0	0		8	7	8	0	0	
9	8	2	0	0		9	8	6	6	0	
10	9	0	0	0		10	9	5	0	0	
20	18	0	0	0		20	18	10	0	0	
30	27	0	0	0		30	27	15	0	0	
40	36	0	0	0		40	37	0	0	0	
50	45	0	0	0		50	46	5	0	0	
60	54	0	0	0		60	55	10	0	0	
70	63	0	0	0		70	64	15	0	0	
80	72	0	0	0		80	74	0	0	0	
90	81	0	0	0		90	83	5	0	0	
100	90	0	0	0		100	92	10	0	0	

Roods	l.	s.	d.	f. pts.		Roods	l.	s.	d.	f. pts.	
3	0	13	6	0		3	0	13	10	2	0
2	0	9	0	0		2	0	9	3	0	0
1	0	4	6	0		1	0	4	7	2	0

Perchs.	l.	s.	d.	f. pts.		Perchs.	l.	s.	d.	f. pts.	
30	0	3	4	2	0	30	0	3	5	2	.5
20	0	2	3	0	0	20	0	2	3	3	0
10	0	1	1	2	0	10	0	1	1	3	.5
9	0	1	0	0	.6	9	0	1	0	1	.95
8	0	0	10	3	.2	8	0	0	11	0	.4
7	0	0	9	1	.8	7	0	0	9	2	.85
6	0	0	8	0	.4	6	0	0	8	1	.3
5	0	0	6	3	0	5	0	0	6	3	.75
4	0	0	5	1	.6	4	0	0	5	2	.2
3	0	0	4	0	.2	3	0	0	4	0	.65
2	0	0	2	2	.8	2	0	0	2	3	.1
1	0	0	1	1	.4	1	0	0	1	1	.55

For Valuing ESTATES from One Shilling to Five Pounds per Acre.

19 s. per Acre.				19 s. 6 d. per Acre.			
Acres	l.	s.	d. | f. pts.	Acres	l.	s.	d. | f. pts.
1	0	19	0 | 0	1	0	19	6 | 0
2	1	18	0 | 0	2	1	19	0 | 0
3	2	17	0 | 0	3	2	18	6 | 0
4	3	16	0 | 0	4	3	18	0 | 0
5	4	15	0 | 0	5	4	17	6 | 0
6	5	14	0 | 0	6	5	17	0 | 0
7	6	13	0 | 0	7	6	16	6 | 0
8	7	12	0 | 0	8	7	16	0 | 0
9	8	11	0 | 0	9	8	15	6 | 0
10	9	10	0 | 0	10	9	15	0 | 0
20	19	0	0 | 0	20	19	10	0 | 0
30	28	10	0 | 0	30	29	5	0 | 0
40	38	0	0 | 0	40	39	0	0 | 0
50	47	10	0 | 0	50	48	15	0 | 0
60	57	0	0 | 0	60	58	10	0 | 0
70	66	10	0 | 0	70	68	5	0 | 0
80	76	0	0 | 0	80	78	0	0 | 0
90	85	10	0 | 0	90	87	15	0 | 0
100	95	0	0 | 0	100	97	10	0 | 0
Roods	l.	s.	d. | f. pts.	Roods	l.	s.	d. | f. pts.
3	0	14	3 | 0	3	0	14	7 | 2 0
2	0	9	6 | 0	2	0	9	9 | 0 0
1	0	4	9 | 0	1	0	4	10 | 2 0
Perchs.	l.	s.	d. | f. pts.	Perchs.	l.	s.	d. | f. pts.
30	0	3	6 | 3 0	30	0	3	7 | 3 .5
20	0	2	4 | 2 0	20	0	2	5 | 1 0
10	0	1	2 | 1 0	10	0	1	2 | 2 .5
9	0	1	0 | 3 .3	9	0	1	1 | 0 .65
8	0	0	11 | 1 .6	8	0	0	11 | 2 .8
7	0	0	9 | 3 .9	7	0	0	10 | 0 .95
6	0	0	8 | 2 .2	6	0	0	8 | 3 .1
5	0	0	7 | 0 .5	5	0	0	7 | 1 .25
4	0	0	5 | 2 .8	4	0	0	5 | 3 .4
3	0	0	4 | 1 .1	3	0	0	4 | 1 .55
2	0	0	2 | 3 .4	2	0	0	2 | 3 .7
1	0	0	1 | 1 .7	1	0	0	1 | 1 .85

T A B L E S

For Valuing Estates from One Shilling to Five Pounds per Acre.

20 s. per Acre.				20 s. 6 d. per Acre.			
Acres	l.	s.	d.	f. pts.			
Acres	l.	s.	d.	f. pts.	Acres	l.	s.	d.	f. pts.

Acres	l.	s.	d.	f. pts.	Acres	l.	s.	d.	f. pts.
1	1	0	0	0	1	1	0	6	0
2	2	0	0	0	2	2	1	0	0
3	3	0	0	0	3	3	1	6	0
4	4	0	0	0	4	4	2	0	0
5	5	0	0	0	5	5	2	6	0
6	6	0	0	0	6	6	3	0	0
7	7	0	0	0	7	7	3	6	0
8	8	0	0	0	8	8	4	0	0
9	9	0	0	0	9	9	4	6	0
10	10	0	0	0	10	10	5	0	0
20	20	0	0	0	20	20	10	0	0
30	30	0	0	0	30	30	15	0	0
40	40	0	0	0	40	41	0	0	0
50	50	0	0	0	50	51	5	0	0
60	60	0	0	0	60	61	10	0	0
70	70	0	0	0	70	71	15	0	0
80	80	0	0	0	80	82	0	0	0
90	90	0	0	0	90	92	5	0	0
100	100	0	0	0	100	102	10	0	0

Roods	l.	s.	d.	f. pts.	Roods	l.	s.	d.	f. pts.
3	0	15	0	0	3	0	15	4	2 0
2	0	10	0	0	2	0	10	3	0 0
1	0	5	0	0	1	0	5	1	2 0

Perchs.	l.	s.	d.	f. pts.	Perchs	l.	s.	d.	f. pts.
30	0	3	9	0 0	30	0	3	10	0 .5
20	0	2	6	0 0	20	0	2	6	3 0
10	0	1	3	0 0	10	0	1	3	1 .5
9	0	1	1	2 0	9	0	1	1	3 .35
8	0	1	0	0 0	8	0	1	0	1 .2
7	0	0	10	2 0	7	0	0	10	3 .05
6	0	0	9	0 0	6	0	0	9	0 .9
5	0	0	7	2 0	5	0	0	7	2 .75
4	0	0	6	0 0	4	0	0	6	0 .6
3	0	0	4	2 0	3	0	0	4	2 .45
2	0	0	3	0 0	2	0	0	3	0 .3
1	0	0	1	2 0	1	0	0	1	2 .15

For Valuing ESTATES from One Shilling to Five Pounds per Acre.

	21 s. per Acre.					21 s. 6 d. per Acre.			
Acres	l.	s.	d.	f. pts.	Acres	l.	s.	d.	f. pts.
1	1	1	0	0	1	1	1	6	0
2	2	2	0	0	2	2	3	0	0
3	3	3	0	0	3	3	4	6	0
4	4	4	0	0	4	4	6	0	0
5	5	5	0	0	5	5	7	6	0
6	6	6	0	0	6	6	9	0	0
7	7	7	0	0	7	7	10	6	0
8	8	8	0	0	8	8	12	0	0
9	9	9	0	0	9	9	13	6	0
10	10	10	0	0	10	10	15	0	0
20	21	0	0	0	20	21	10	0	0
30	31	10	0	0	30	32	5	0	0
40	42	0	0	0	40	43	0	0	0
50	52	10	0	0	50	53	15	0	0
60	63	0	0	0	60	64	10	0	0
70	73	10	0	0	70	75	5	0	0
80	84	0	0	0	80	86	0	0	0
90	94	10	0	0	90	96	15	0	0
100	105	0	0	0	100	107	10	0	0

Roods	l.	s.	d.	f. pts.	Roods	l.	s.	d.	f. pts.
3	0	15	9	0	3	0	16	1	2 0
2	0	10	6	0	2	0	10	9	0 0
1	0	5	3	0	1	0	5	4	2 0

Perchs.	l.	s.	d.	f. pts.	Perchs.	l.	s.	d.	f. pts.
30	0	3	11	1 0	30	0	4	0	1 .5
20	0	2	7	2 0	20	0	2	8	1 0
10	0	1	3	3 0	10	0	1	4	0 .5
9	0	1	2	0 .7	9	0	1	2	2 .05
8	0	1	0	2 .4	8	0	1	0	3 .6
7	0	0	11	0 .1	7	0	0	11	1 .15
6	0	0	9	1 .8	6	0	0	9	2 .7
5	0	0	7	3 .5	5	0	0	8	0 .25
4	0	0	6	1 .2	4	0	0	6	1 .8
3	0	0	4	2 .9	3	0	0	4	3 .35
2	0	0	3	0 .6	2	0	0	3	0 .9
1	0	0	1	2 .3	1	0	0	1	2 .45

T A B L E S

For Valuing ESTATES from One Shilling to Five Pounds per Acre.

Acres	22 s. per Acre.				Acres	22 s. 6 d. per Acre.			
	l.	s.	d.	f. pts.		l.	s.	d.	f. pts.
1	1	2	0	0	1	1	2	6	0
2	2	4	0	0	2	2	5	0	0
3	3	6	0	0	3	3	7	6	0
4	4	8	0	0	4	4	10	0	0
5	5	10	0	0	5	5	12	6	0
6	6	12	0	0	6	6	15	0	0
7	7	14	0	0	7	7	17	6	0
8	8	16	0	0	8	9	0	0	0
9	9	18	0	0	9	10	2	6	0
10	11	0	0	0	10	11	5	0	0
20	22	0	0	0	20	22	10	0	0
30	33	0	0	0	30	33	15	0	0
40	44	0	0	0	40	45	0	0	0
50	55	0	0	0	50	56	5	0	0
60	66	0	0	0	60	67	10	0	0
70	77	0	0	0	70	78	15	0	0
80	88	0	0	0	80	90	0	0	0
90	99	0	0	0	90	101	5	0	0
100	110	0	0	0	100	112	10	0	0

Roods	l.	s.	d.	f. pts.	Roods	l.	s.	d.	f. pts.
3	0	16	6	0	3	0	16	10	2 0
2	0	11	0	0	2	0	11	3	0 0
1	0	5	6	0	1	0	5	7	2 0

Perchs.	l.	s.	d.	f. pts.	Perchs.	l.	s.	d.	f. pts.
30	0	4	1	2 0	30	0	4	2	2 .5
20	0	2	9	0 0	20	0	2	9	3 0
10	0	1	4	2 0	10	0	1	4	3 .5
9	0	1	2	3 .4	9	0	1	3	0 .75
8	0	1	1	0 .8	8	0	1	1	2 0
7	0	0	11	2 .2	7	0	0	11	3 .25
6	0	0	9	3 .6	6	0	0	10	0 .5
5	0	0	8	1 0	5	0	0	8	1 .75
4	0	0	6	2 .4	4	0	0	6	3 0
3	0	0	4	3 .8	3	0	0	5	0 .25
2	0	0	3	1 .2	2	0	0	3	1 .5
1	0	0	1	2 .6	1	0	0	1	2 .75

For Valuing ESTATES from One Shilling to Five Pounds per Acre.

23 s. per Acre.					23 s. 6 d. per Acre.			
Acres	l.	s.	d.	f. pts.	Acres	l.	s.	d.	f. pts.
2	1	3	0	0	1	1	3	6	0
1	2	6	0	0	2	2	7	0	0
3	3	9	0	0	3	3	10	6	0
4	4	12	0	0	4	4	14	0	0
5	5	15	0	0	5	5	17	6	0
6	6	18	0	0	6	7	1	0	0
7	8	1	0	0	7	8	4	6	0
8	9	4	0	0	8	9	8	0	0
9	10	7	0	0	9	10	11	6	0
10	11	10	0	0	10	11	15	0	0
20	23	0	0	0	20	23	10	0	0
30	34	10	0	0	30	35	5	0	0
40	46	0	0	0	40	47	0	0	0
50	57	10	0	0	50	58	15	0.	0
60	69	0	0	0	60	70	10	0	0
70	80	10	0	0	70	82	5	0	0
80	92	0	0	0	80	94	0	0	0
90	103	10	0	0	90	105	15	0	0
100	115	0	0	0	100	117	10	0	0
Roods	l.	s.	d.	f. pts.	Roods	l.	s.	d.	f. pts.
3	0	17	3	0	3	0	17	7	2 0
2	0	11	6	0	2	0	11	9	0 0
1	0	5	9	0	1	0	5	10	2 0
Perchs.	l.	s.	d.	f. pts.	Perchs.	l.	s.	d.	f. pts.
30	0	4	3	3 0	30	0	4	4	3 .5
20	0	2	10	2 0	20	0	2	11	1 0
10	0	1	5	1 0	10	0	1	5	2 .5
9	0	1	3	2 .1	9	0	1	3	3 .45
8	0	1	1	3 .2	8	0	1	2	0 .4
7	0	1	0	0 .3	7	0	1	0	1 .35
6	0	0	10	1 .4	6	0	0	10	2 .3
5	0	0	8	2 .5	5	0	0	8	3 .25
4	0	0	6	3 .6	4	0	0	7	0 .2
3	0	0	5	0 .7	3	0	0	5	1 .15
2	0	0	3	1 .8	2	0	0	3	2 .1
1	0	0	1	2 .9	1	0	0	1	3 .05

For Valuing Estates from One Shilling to Five Pounds per Acre.

24 s. per Acre.

Acres	l.	s.	d.	f. pts.
1	1	4	0	0
2	2	8	0	0
3	3	12	0	0
4	4	16	0	0
5	6	0	0	0
6	7	4	0	0
7	8	8	0	0
8	9	12	0	0
9	10	16	0	0
10	12	0	0	0
20	24	0	0	0
30	36	0	0	0
40	48	0	0	0
50	60	0	0	0
60	72	0	0	0
70	84	0	0	0
80	96	0	0	0
90	108	0	0	0
100	120	0	0	0

Roods	l.	s.	d.	f. pts.
3	0	18	0	0
2	0	12	0	0
1	0	6	0	0

Perchs.	l.	s.	d.	f. pts.
30	0	4	6	0 0
20	0	3	0	0 0
10	0	1	6	0 0
9	0	1	4	0 .8
8	0	1	2	1 .6
7	0	1	0	2 .4
6	0	0	10	3 .2
5	0	0	9	0 0
4	0	0	7	0 .8
3	0	0	5	1 .6
2	0	0	3	2 .4
1	0	0	1	3 .2

24 s. 6 d. per Acre.

Acres	l.	s.	d.	f. pts.
1	1	4	6	0
2	2	9	0	0
3	3	13	6	0
4	4	18	0	0
5	6	2	6	0
6	7	7	0	0
7	8	11	6	0
8	9	16	0	0
9	11	0	6	0
10	12	5	0	0
20	24	10	0	0
30	36	15	0	0
40	49	0	0	0
50	61	5	0	0
60	73	10	0	0
70	85	15	0	0
80	98	0	0	0
90	110	5	0	0
100	122	10	0	0

Roods	l.	s.	d.	f. pts.
3	0	18	4	2 0
2	0	12	3	0 0
1	0	6	1	2 0

Perchs.	l.	s.	d.	f. pts.
30	0	4	7	0 .5
20	0	3	0	3 0
10	0	1	6	1 .5
9	0	1	4	2 .15
8	0	1	2	2 .8
7	0	1	0	3 .45
6	0	0	11	0 .1
5	0	0	9	0 .75
4	0	0	7	1 .4
3	0	0	5	2 .05
2	0	0	3	2 .7
1	0	0	1	3 .35

For Valuing Estates from One Shilling to Five Pounds per Acre.

25 s. per Acre.				25 s. 6 d. per Acre.			
Acres	l.	s.	d.	f. pts.	Acres	l.	s.	d.	f. pts.

Acres	l.	s.	d.	f. pts.	Acres	l.	s.	d.	f. pts.
1	1	5	0	0	1	1	5	6	0
2	2	10	0	0	2	2	11	0	0
3	3	15	0	0	3	3	16	6	0
4	5	0	0	0	4	5	2	0	0
5	6	5	0	0	5	6	7	6	0
6	7	10	0	0	6	7	13	0	0
7	8	15	0	0	7	8	18	6	0
8	10	0	0	0	8	10	4	0	0
9	11	5	0	0	9	11	9	6	0
10	12	10	0	0	10	12	15	0	0
20	25	0	0	0	20	25	10	0	0
30	37	10	0	0	30	38	5	0	0
40	50	0	0	0	40	51	0	0	0
50	62	10	0	0	50	63	15	0	0
60	75	0	0	0	60	76	10	0	0
70	87	10	0	0	70	89	5	0	0
80	100	0	0	0	80	102	0	0	0
90	112	10	0	0	90	114	15	0	0
100	125	0	0	0	100	127	10	0	0
Roods	l.	s.	d.	f. pts.	Roods	l.	s.	d.	f. pts.
3	0	18	9	0	3	0	19	1	2 0
2	0	12	6	0	2	0	12	9	0 0
1	0	6	3	0	1	0	6	4	2 0
Perchs.	l.	s.	d.	f. pts.	Perchs.	l.	s.	d.	f. pts.
30	0	4	8	1 0	30	0	4	9	1 .5
20	0	3	1	2 0	20	0	3	2	1 0
10	0	1	6	3 0	10	0	1	7	0 .5
9	0	1	4	3 .5	9	0	1	5	0 .85
8	0	1	3	0 0	8	0	1	3	1 .2
7	0	1	1	0 .5	7	0	1	1	1 .55
6	0	0	11	1 0	6	0	0	11	1 .9
5	0	0	9	1 .5	5	0	0	9	2 .25
4	0	0	7	2 0	4	0	0	7	2 .6
3	0	0	5	2 .5	3	0	0	5	2 .95
2	0	0	3	3 0	2	0	0	3	3 .3
1	0	0	1	3 .5	1	0	0	1	3 .65

For Valuing ESTATES from One Shilling to Five
Pounds per Acre.

26 s. per Acre.					26 s. 6 d. per Acre.			
Acres	l.	s.	d.	f pts.	Acres	l.	s.	d.	f. pts.
1	1	6	0	0	1	1	6	6	0
2	2	12	0	0	2	2	13	0	0
3	3	18	0	0	3	3	19	6	0
4	5	4	0	0	4	5	6	0	0
5	6	10	0	0	5	6	12	6	0
6	7	16	0	0	6	7.	19	0	0
7	9	2	0	0	7	9	5	6	0
8	10	8	0	0	8	10	12	0	0
9	11	14	0	0	9	11	18	6	0
10	13	0	0	0	10	13	5	0	0
20	26	0	0	0	20	26	10	0	0
30	39	0	0	0	30	39	15	0	0
40	52	0	0	0	40	53	0	0	0
50	65	0	0	0	50	66	5	0	0
60	78	0	0	0	60	79	10	0	0
70	91	0	0	0	70	92	15	0	0
80	104	0	0	0	80	106	0	0	0
90	117	0	0	0	90	119	5	0	0
100	130	0	0	0	100	132	10	0	0
Roods	l.	s.	d.	f. pts.	Roods	l.	s.	d.	f. pts.
3	0	19	6	0	3	0	19	10	2 0
2	0	13	0	0	2	0	13	3	0 0
1	0	6	6	0	1	0	6	7	2 0
Perchs.	l.	s.	d.	f. pts.	Perchs.	l.	s.	d.	f. pts.
30	0	4	10	2 0	30	0	4	11	2 .5
20	0	3	3	0 0	20	0	3	3	3 0
10	0	1	7	2 0	10	0	1	7	3 .5
9	0	1	5	2 .2	9	0	1	.5	3 .55
8	0	1	3	2 .4	8	0	1	3	3 .6
7	0	1	1	2 .6	7	0	1	1	3 .65
6	0	0	11	2 .8	6	0	0	11	3 .7
5	0	0	9	3 0	5	0	0	9	3 .75
4	0	0	7	3 .2	4	0	0	7	3 .8
3	0	0	5	3 .4	3	0	0	5	3 .85
2	0	0	3	3 .6	2	0	0	3	3 .9
1	0	0	1	3 .8	1	0	0	1	3 .95

For Valuing Estates from One Shilling to Five Pounds per Acre.

27 s. per Acre.

Acres	l.	s.	d.	f. pts.
1	1	7	0	0
2	2	14	0	0
3	4	1	0	0
4	5	8	0	0
5	6	15	0	0
6	8	2	0	0
7	9	9	0	0
8	10	16	0	0
9	12	3	0	0
10	13	10	0	0
20	27	0	0	0
30	40	10	0	0
40	54	0	0	0
50	67	10	0	0
60	81	0	0	0
70	94	10	0	0
80	108	0	0	0
90	121	10	0	0
100	135	0	0	0

Roods	l.	s.	d.	f. pts.
3	1	0	3	0
2	0	13	6	0
1	0	6	9	0

Perchs	l.	s.	d.	f. pts.
30	0	5	0	3 0
20	0	3	4	2 0
10	0	1	8	1 0
9	0	1	6	0 .9
8	0	1	4	0 .8
7	0	1	2	0 .7
6	0	1	0	0 .6
5	0	0	10	0 .5
4	0	0	8	0 .4
3	0	0	6	0 .3
2	0	0	4	0 .2
1	0	0	2	0 .1

27 s. 6 d. per Acre.

Acres	l.	s.	d.	f. pts.
1	1	7	6	0
2	2	15	0	0
3	4	2	6	0
4	5	10	0	0
5	6	17	6	0
6	8	5	0	0
7	9	12	6	0
8	11	0	0	0
9	12	7	6	0
10	13	15	0	0
20	27	10	0	0
30	41	5	0	0
40	55	0	0	0
50	68	15	0	0
60	82	10	0	0
70	96	5	0	0
80	110	0	0	0
90	123	15	0	0
100	137	10	0	0

Roods	l.	s.	d.	f. pts.
3	1	0	7	2 0
2	0	13	9	0 0
1	0	6	10	2 0

Perchs.	l.	s.	d.	f. pts.
30	0	5	1	3 .5
20	0	3	5	1 0
10	0	1	8	2 .5
9	0	1	6	2 .25
8	0	1	4	2 0
7	0	1	2	1 .75
6	0	1	0	1 .5
5	0	0	10	1 .25
4	0	0	8	1 0
3	0	0	6	0 .75
2	0	0	4	0 .5
1	0	0	2	0 .25

TABLES

For Valuing ESTATES from One Shilling to Five Pounds per Acre.

28 s. per Acre.					28 s. 6 d. per Acre.				
Acres	l.	s.	d.	f. pts.	Acres	l.	s.	d.	f. pts.
1	1	8	0	0	1	1	8	6	0
2	2	16	0	0	2	2	17	0	0
3	4	4	0	0	3	4	5	6	0
4	5	12	0	0	4	5	14	0	0
5	7	0	0	0	5	7	2	6	0
6	8	8	0	0	6	8	11	0	0
7	9	16	0	0	7	9	19	6	0
8	11	4	0	0	8	11	8	0	0
9	12	12	0	0	9	12	16	6	0
10	14	0	0	0	10	14	5	0	0
20	28	0	0	0	20	28	10	0	0
30	42	0	0	0	30	42	15	0	0
40	56	0	0	0	40	57	0	0	0
50	70	0	0	0	50	71	5	0	0
60	84	0	0	0	60	85	10	0	0
70	98	0	0	0	70	99	15	0	0
80	112	0	0	0	80	114	0	0	0
90	126	0	0	0	90	128	5	0	0
100	140	0	0	0	100	142	10	0	0

Roods	l.	s.	d.	f. pts.	Roods	l.	s.	d.	f. pts.
3	1	1	0	0	3	1	1	4	2 0
2	0	14	0	0	2	0	14	3	0 0
1	0	7	0	0	1	0	7	1	2 0

Perchs	l.	s.	d.	f. pts.	Perchs	l.	s.	d.	f. pts.
30	0	5	3	0 0	30	0	5	4	0 .5
20	0	3	6	0 0	20	0	3	6	3 0
10	0	1	9	0 0	10	0	1	9	1 .5
9	0	1	6	3 .6	9	0	1	7	0 .95
8	0	1	4	3 .2	8	0	1	5	0 .4
7	0	1	2	2 .8	7	0	1	2	3 .85
6	0	1	0	2 .4	6	0	1	0	3 .3
5	0	0	10	2 0	5	0	0	10	2 .75
4	0	0	8	1 .6	4	0	0	8	2 .2
3	0	0	6	1 .2	3	0	0	6	1 .65
2	0	0	4	0 .8	2	0	0	4	1 .1
1	0	0	2	0 .4	1	0	0	2	0 .55

For Valuing Estates from One Shilling to Five Pounds per Acre.

29 s. per Acre.				29 s. 6 d. per Acre.			
Acres	l.	s.	d.	f. pts.	Acres	l.	s.	d.	f. pts.
1	1	9	0	0	1	1	9	6	0
2	2	18	0	0	2	2	19	0	0
3	4	7	0	0	3	4	8	6	0
4	5	16	0	0	4	5	18	0	0
5	7	5	0	0	5	7	7	6	0
6	8	14	0	0	6	8	17	0	0
7	10	3	0	0	7	10	6	6	0
8	11	12	0	0	8	11	16	0	0
9	13	1	0	0	9	13	5	6	0
10	14	10	0	0	10	14	15	0	0
20	29	0	0	0	20	29	10	0	0
30	43	10	0	0	30	44	5	0	0
40	58	0	0	0	40	59	0	0	0
50	72	10	0	0	50	73	15	0	0
60	87	0	0	0	60	88	10	0	0
70	101	10	0	0	70	103	5	0	0
80	116	0	0	0	80	118	0	0	0
90	130	10	0	0	90	132	15	0	0
100	145	0	0	0	100	147	10	0	0

Roods	l.	s.	d.	f. pts.	Roods	l.	s.	d.	f. pts.
3	1	1	9	0	3	1	2	1	2 0
2	0	14	6	0	2	0	14	9	0 0
1	0	7	3	0	1	0	7	4	2 0

Perchs.	l.	s.	d.	f. pts.	Perchs.	l.	s.	d.	f. pts.
30	0	5	5	1 0	30	0	5	6	1 .5
20	0	3	7	2 0	20	0	3	8	1 0
10	0	1	9	3 0	10	0	1	10	0 .5
9	0	1	7	2 .3	9	0	1	7	3 .65
8	0	1	5	1 .6	8	0	1	5	2 .8
7	0	1	3	0 .9	7	0	1	3	3 .95
6	0	1	1	0 .2	6	0	1	1	1 .1
5	0	0	10	3 .5	5	0	0	11	0 .25
4	0	0	8	2 .8	4	0	0	8	3 .4
3	0	0	6	2 .1	3	0	0	6	2 .55
2	0	0	4	1 .4	2	0	0	4	1 .7
1	0	0	2	0 .7	1	0	0	2	0 .85

T A B L E S

For Valuing Estates from One Shilling to Five Pounds per Acre.

Acres	30 s. per Acre.				Acres	30 s. 6 d. per Acre.			
	l.	s.	d.	f. pts.		l.	s.	d.	f. pts.
1	1	10	0	0	1	1	10	6	0
2	3	0	0	0	2	3	1	0	0
3	4	10	0	0	3	4	11	6	0
4	6	0	0	0	4	6	2	0	0
5	7	10	0	0	5	7	12	6	0
6	9	0	0	0	6	9	3	0	0
7	10	10	0	0	7	10	13	6	0
8	12	0	0	0	8	12	4	0	0
9	13	10	0	0	9	13	14	6	0
10	15	0	0	0	10	15	5	0	0
20	30	0	0	0	20	30	10	0	0
30	45	0	0	0	30	45	15	0	0
40	60	0	0	0	40	61	0	0	0
50	75	0	0	0	50	76	5	0	0
60	90	0	0	0	60	91	10	0	0
70	105	0	0	0	70	106	15	0	0
80	120	0	0	0	80	122	0	0	0
90	135	0	0	0	90	137	5	0	0
100	150	0	0	0	100	152	10	0	0
Roods	l.	s.	d.	f. pts.	Roods	l.	s.	d.	f. pts.
3	1	2	6	0	3	1	2	10	2 0
2	0	15	0	0	2	0	15	3	0 0
1	0	7	6	0	1	0	7	7	2 0
Perchs.	l.	s.	d.	f. pts.	Perchs	l.	s.	d.	f. pts.
30	0	5	7	2 0	30	0	5	8	2 .5
20	0	3	9	0 0	20	0	3	9	3 0
10	0	1	10	2 0	10	0	1	10	3 .5
9	0	1	8	1 0	9	0	1	8	2 .35
8	0	1	6	0 0	8	0	1	6	1 .2
7	0	1	3	3 0	7	0	1	4	0 .05
6	0	1	1	2 0	6	0	1	1	2 .9
5	0	0	11	1 0	5	0	0	11	1 .75
4	0	0	9	0 0	4	0	0	9	0 .6
3	0	0	6	3 0	3	0	0	6	3 .45
2	0	0	4	2 0	2	0	0	4	2 .3
1	0	0	2	1 0	1	0	0	2	1 .15

For Valuing Estates from One Shilling to Five Pounds per Acre.

Acres	31 s. per Acre.				Acres	31 s. 6 d. per Acre.			
	l.	s.	d.	f. pts.		l.	s.	d.	f. pts.
1	1	11	0	0	1	1	11	6	0
2	3	2	0	0	2	3	3	0	0
3	4	13	0	0	3	4	14	6	0
4	6	4	0	0	4	6	6	0	0
5	7	15	0	0	5	7	17	6	0
6	9	6	0	0	6	9	9	0	0
7	10	17	0	0	7	11	0	6	0
8	12	8	0	0	8	12	12	0	0
9	13	19	0	0	9	14	3	6	0
10	15	10	0	0	10	15	15	0	0
20	31	0	0	0	20	31	10	0	0
30	46	10	0	0	30	47	5	0	0
40	62	0	0	0	40	63	0	0	0
50	77	10	0	0	50	78	15	0	0
60	93	0	0	0	60	94	10	0	0
70	108	10	0	0	70	110	5	0	0
80	124	0	0	0	80	126	0	0	0
90	139	10	0	0	90	141	15	0	0
100	155	0	0	0	100	157	10	0	0
Roods	l.	s.	d.	f. pts.	Roods	l.	s.	d.	f. pts.
3	1	3	3	0	3	1	3	7	2 0
2	0	15	6	0	2	0	15	9	0 0
1	0	7	9	0	1	0	7	10	2 0
Perchs.	l.	s.	d.	f. pts.	Perchs.	l.	s.	d.	f. pts.
30	0	5	9	3 0	30	0	5	10	3 .5
20	0	3	10	2 0	20	0	3	11	1 0
10	0	1	11	1 0	10	0	1	11	2 .5
9	0	1	8	3 .7	9	0	1	9	1 .05
8	0	1	6	2 .4	8	0	1	6	3 .6
7	0	1	4	1 .1	7	0	1	4	2 .15
6	0	1	1	3 .8	6	0	1	2	0 .7
5	0	0	11	2 .5	5	0	0	11	3 .25
4	0	0	9	1 .2	4	0	0	9	1 .8
3	0	0	6	3 .9	3	0	0	7	0 .35
3	0	0	4	2 .6	2	0	0	4	2 .9
1	0	0	2	1 .3	1	0	0	2	1 .45

T A B L E S

For Valuing Estates from One Shilling to Five Pounds per Acre.

Acres	l.	s.	d.	f. pts.	Acres	l.	s	d.	f. pts.
		32 s. per Acre.					**32 s. 6 d. per Acre.**		
1	1	12	0	0	1	1	12	6	0
2	3	4	0	0	2	3	5	0	0
3	4	16	0	0	3	4	17	6	0
4	6	8	0	0	4	6	10	0	0
5	8	0	0	0	5	8	2	6	0
6	9	12	0	0	6	9	15	0	0
7	11	4	0	0	7	11	7	6	0
8	12	16	0	0	8	13	0	0	0
9	14	8	0	0	9	14	12	6	0
10	16	0	0	0	10	16	5	0	0
20	32	0	0	0	20	32	10	0	0
30	48	0	0	0	30	48	15	0	0
40	64	0	0	0	40	65	0	0	0
50	80	0	0	0	50	81	5	0	0
60	96	0	0	0	60	97	10	0	0
70	112	0	0	0	70	113	15	0	0
80	128	0	0	0	80	130	0	0	0
90	144	0	0	0	90	146	5	0	0
100	160	0	0	0	100	162	10	0	0

Roods	l.	s.	d.	f. pts.	Roods	l.	s.	d.	f. pts.
3	1	4	0	0	3	1	4	4	2 0
2	0	16	0	0	2	0	16	3	0 0
1	0	8	0	0	1	0	8	1	2 0

Perchs.	l.	s.	d.	f. pts.	Perchs.	l.	s.	d.	f. pts.
30	0	6	0	0 0	30	0	6	1	0 .5
20	0	4	0	0 0	20	0	4	0	3 0
10	0	2	0	0 0	10	0	2	0	1 .5
9	0	1	9	2 .4	9	0	1	9	3 .75
8	0	1	7	0 .8	8	0	1	7	2 0
7	0	1	4	3 .2	7	0	1	5	0 .25
6	0	1	2	1 .6	6	0	1	2	2 .5
5	0	1	0	0 0	5	0	1	0	0 .75
4	0	0	9	2 .4	4	0	0	9	3 0
3	0	0	7	0 .8	3	0	0	7	1 .25
2	0	0	4	3 .2	2	0	0	4	3 .5
1	0	0	2	1 .6	1	0	0	2	1 .75

For Valuing ESTATES from One Shilling to Five Pounds per Acre.

33 s. per Acre.					33 s. 6 d. per Acre.			
Acres	l.	s.	d.	f. pts.	Acres	l.	s.	d.	f. pts.
1	1	13	0	0	1	1	13	6	0
2	3	6	0	. 0	2	3	7	0	0
3	4	19	0	0	3	5	0	6	0
4	6	12	0	0	4	6	14	0	0
5	8	5	0	0	5	8	7	6	0
6	9	18	0	0	6	10	1	0	0
7	11	11	0	0	7	11	14	6	0
8	13	4	0	0	8	13	8	0	0
9	14	17	0	0	9	15	1	6	0
10	16	10	0	0	10	16	15	0	0
20	33	0	0	0	20	33	10	0	0
30	49	10	0	0	30	50	5	0	0
40	66	0	0	0	40	67	0	0	0
50	82	10	0	0	50	83	15	0	0
60	99	0	0	0	60	100	10	0	0
70	115	10	0	0	70	117	5	0	0
80	132	0	0	0	80	134	0	0	0
90	148	10	0	0	90	150	15	0	0
100	165	0	0	0	100	167	10	0	0

Roods	l.	s.	d.	f. pts.	Roods	l.	s.	d.	f. pts.
3	1	4	9	0	3	1	5	1	2 0
2	0	16	6	0	2	0	16	9	0 0
1	0	8	3	0	1	0	8	4	2 0

Perchs.	l.	s.	d.	f. pts.	Perchs.	l.	s.	d.	f. pts.
30	0	6	2	1 0	30	0	6	3	1 .5
20	0	4	1	2 0	20	0	4	2	1 0
10	0	2	0	3 0	10	0	2	1	0 .5
9	0	1	10	1 .1	9	0	1	10	2 .45
8	0	1	7	3 .2	8	0	1	8	0 .4
7	0	1	5	1 .3	7	0	1	5	2 .35
6	0	1	2	3 .4	6	0	1	3	0 .3
5	0	1	0	1 .5	5	0	1	0	2 .25
4	0	0	9	3 .6	4	0	0	10	0 .2
3	0	0	7	1 .7	3	0	0	7	2 .15
2	0	0	4	3 .8	2	0	0	5	0 .1
1	0	0	2	1 .9	1	0	0	2	2 .05

E

T A B L E S

For Valuing Estates from One Shilling to Five Pounds per Acre.

34 s. per Acre.				34 s. 6 d. per Acre.				
Acres	l.	s.	d.	f. pts.	Acres	l.	s.	d.	f. pts.
1	1	14	0	.0	1	1	14	6	0
2	3	8	0	0	2	3	9	0	0
3	5	2	0	0	3	5	3	6	0
4	6	16	0	0	4	6	18	0	0
5	8	10	0	0	5	8	12	6	0
6	10	4	0	0	6	10	7	0	0
7	11	18	0	0	7	12	1	6	0
8	13	12	0	0	8	13	16	0	0
9	15	6	0	0	9	15	10	6	0
10	17	0	0	0	10	17	5	0	0
20	34	0	0	0	20	34	10	0	0
30	51	0	0	0	30	51	15	0	0
40	68	0	0	0	40	69	0	0	0
50	85	0	0	0	50	86	5	0	0
60	102	0	0	0	60	103	10	0	0
70	119	0	0	0	70	120	15	0	0
80	136	0	0	0	80	138	0	0	0
90	153	0	0	0	90	155	5	0	0
100	170	0	0	0	100	172	10	0	0
Roods	l.	s.	d.	f. pts.	Roods	l.	s.	d.	f. pts.
3	1	5	6	0	3	1	5	10	2 0
2	0	17	0	0	2	0	17	3	0 0
1	0	8	6	0	1	0	8	7	2 0
Perchs.	l.	s.	d.	f. pts.	Perchs.	l.	s.	d.	f. pts.
30	0	6	4	2 0	30	0	6	5	2 .5
20	0	4	3	0 0	20	0	4	3	3 0
10	0	2	1	2 0	10	0	2	1	3 .5
9	0	1	10	3 .8	9	0	1	11	1 .15
8	0	1	8	1 .6	8	0	1	8	2 .8
7	0	1	5	3 .4	7	0	1	6	0 .45
6	0	1	3	1 .2	6	0	1	3	2 .1
5	0	1	0	3 0	5	0	1	0	3 .75
4	0	0	10	0 .8	4	0	0	10	1 .4
3	0	0	7	2 .6	3	0	0	7	3 .05
2	0	0	5	0 .4	2	0	0	5	0 .7
1	0	0	2	2 .2	1	0	0	2	2 .35

For Valuing ESTATES from One Shilling to Five Pounds per Acre.

35 s. per Acre.				35 s. 6 d. per Acre.			
Acres	l.	s.	d.	f. pts.	Acres	l.	s.	d.	f. pts.

Acres	l.	s.	d.	f. pts.	Acres	l.	s.	d.	f. pts.
2	1	15	0	0	1	1	15	6	0
1	3	10	0	0	2	3	11	0	0
3	5	5	0	0	3	5	6	6	0
4	7	0	0	0	4	7	2	0	0
5	8	15	0	0	5	8	17	6	0
6	10	10	0	0	6	10	13	0	0
7	12	5	0	0	7	12	8	6	0
8	14	0	0	0	8	14	4	0	0
9	15	15	0	0	9	15	19	6	0
10	17	10	0	0	10	17	15	0	0
20	35	0	0	0	20	35	10	0	0
30	52	10	0	0	30	53	5	0	0
40	70	0	0	0	40	71	0	0	0
50	87	10	0	0	50	88	15	0	0
60	105	0	0	0	60	106	10	0	0
70	122	10	0	0	70	124	5	0	0
80	140	0	0	0	80	142	0	0	0
90	157	10	0	0	90	159	15	0	0
100	175	0	0	0	100	177	10	0	0

Roods	l.	s.	d.	f. pts.	Roods	l.	s.	d.	f. pts.
3	1	6	3	0	3	1	6	7	2 0
2	0	17	6	0	2	0	17	9	0 0
1	0	8	9	0	1	0	8	10	2 0

Perchs.	l.	s.	d.	f. pts.	Perchs.	l.	s.	d.	f. pts.
30	0	6	6	3 0	30	0	6	7	3 ·5
20	0	4	4	2 0	20	0	4	5	1 0
10	0	2	2	1 0	10	0	2	2	2 ·5
9	0	1	11	2 ·5	9	0	1	11	3 ·85
8	0	1	9	0 0	8	0	1	9	1 ·2
7	0	1	6	1 ·5	7	0	1	6	2 ·55
6	0	1	3	3 0	6	0	1	3	3 ·9
5	0	1	1	0 ·5	5	0	1	1	1 ·25
4	0	0	10	2 0	4	0	0	10	2 ·6
3	0	0	7	3 ·5	3	0	0	7	3 ·95
2	0	0	5	1 0	2	0	0	5	1 ·3
1	0	0	2	2 ·5	1	0	0	2	2 ·65

T A B L E S

For Valuing ESTATES from One Shilling to Five Pounds per Acre.

36 s. per Acre.					36 s. 6 d. per Acre.				
Acres	l.	s.	d.	f. pts.	Acres	l.	s.	d.	f. pts.
1	1	16	0	0	1	1	16	6	0
2	3	12	0	0	2	3	13	0	0
3	5	8	0	0	3	5	9	6	0
4	7	4	0	0	4	7	6	0	0
5	9	0	0	0	5	9	2	6	0
6	10	16	0	0	6	10	19	0	0
7	12	12	0	0	7	12	15	6	0
8	14	8	0	0	8	14	12	0	0
9	16	4	0	0	9	16	8	6	0
10	18	0	0	0	10	18	5	0	0
20	36	0	0	0	20	36	10	0	0
30	54	0	0	0	30	54	15	0	0
40	72	0	0	0	40	73	0	0	0
50	90	0	0	0	50	91	5	0	0
60	108	0	0	0	60	109	10	0	0
70	126	0	0	0	70	127	15	0	0
80	144	0	0	0	80	146	0	0	0
90	162	0	0	0	90	164	5	0	0
100	180	0	0	0	100	182	10	0	0
Roods	l.	s.	d.	f. pts.	Roods	l.	s.	d.	f. pts.
3	1	7	0	0	3	1	7	4	2 0
2	0	18	0	0	2	0	18	3	0 0
1	0	9	0	0	1	0	9	1	2 0
Perchs.	l.	s.	d.	f. pts.	Perchs.	l.	s.	d.	f. pts.
30	0	6	9	0 0	30	0	6	10	0 .5
20	0	4	6	0 0	20	0	4	6	3 0
10	0	2	3	0 0	10	0	2	3	1 .5
9	0	2	0	1 .2	9	0	2	0	2 .55
8	0	1	9	2 .4	8	0	1	9	3 .6
7	0	1	6	3 .6	7	0	1	7	0 .65
6	0	1	4	0 .8	6	0	1	4	1 .7
5	0	1	1	2 0	5	0	1	1	2 .75
4	0	0	10	3 .2	4	0	0	10	3 .8
3	0	0	8	0 .4	3	0	0	8	0 .85
2	0	0	5	1 .6	2	0	0	5	1 .9
1	0	0	2	2 .8	1	0	0	2	2 .95

For Valuing ESTATES from One Shilling to Five Pounds per Acre.

37 s. per Acre.				37 s 6 d. per Acre.			
Acres	l.	s.	d.	f. pts.	Acres	l.	s.	d.	f. pts.

Acres	l.	s.	d.	f. pts.	Acres	l.	s.	d.	f. pts.
1	1	17	0	0	1	1	17	6	0
2	3	14	0	0	2	3	15	0	0
3	5	11	0	0	3	5	12	6	0
4	7	8	0	0	4	7	10	0	0
5	9	5	0	0	5	9	7	6	0
6	11	2	0	0	6	11	5	0	0
7	12	19	0	0	7	13	2	6	0
8	14	16	0	0	8	15	0	0	0
9	16	13	0	0	9	16	17	6	0
10	18	10	0	0	10	18	15	0	0
20	37	0	0	0	20	37	10	0	0
30	55	10	0	0	30	56	5	0	0
40	74	0	0	0	40	75	0	0	0
50	92	10	0	0	50	93	15	0	0
60	111	0	0	0	60	112	10	0	0
70	129	10	0	0	70	131	5	0	0
80	148	0	0	0	80	150	0	0	0
90	166	10	0	0	90	168	15	0	0
100	185	0	0	0	100	187	10	0	0

Roods	l.	s.	d.	f. pts.	Roods	l.	s.	d.	f. pts.
3	1	7	9	0	3	1	8	1	2 0
2	0	18	6	0	2	0	18	9	0 0
1	0	9	3	0	1	0	9	4	2 0

Perchs.	l.	s.	d.	f. pts.	Perchs.	l.	s.	d.	f. pts.
30	0	6	11	1 0	30	0	7	0	1 .5
20	0	4	7	2 0	20	0	4	8	1 0
10	0	2	3	3 0	10	0	2	4	0 .5
9	0	2	0	3 .9	9	0	2	1	1 .25
8	0	1	10	0 .8	8	0	1	10	2 0
7	0	1	7	1 .7	7	0	1	7	2 .75
6	0	1	4	2 .6	6	0	1	4	3 .5
5	0	1	1	3 .5	5	0	1	2	0 .25
4	0	0	11	0 .4	4	0	0	11	1 0
3	0	0	8	1 .3	3	0	0	8	1 .75
2	0	0	5	2 .2	2	0	0	5	2 .5
1	0	0	2	3 .1	1	0	0	2	3 .25

For Valuing Estates from One Shilling to Five Pounds per Acre.

38 s. per Acre.

Acres	l.	s.	d.	f. pts.
1	1	18	0	0
2	3	16	0	0
3	5	14	0	0
4	7	12	0	0
5	9	10	0	0
6	11	8	0	0
7	13	6	0	0
8	15	4	0	0
9	17	2	0	0
10	19	0	0	0
20	38	0	0	0
30	57	0	0	0
40	76	0	0	0
50	95	0	0	0
60	114	0	0	0
70	133	0	0	0
80	152	0	0	0
90	171	0	0	0
100	190	0	0	0

Roods	l.	s.	d.	f. pts.
3	1	8	6	0
2	0	19	0	0
1	0	9	6	0

Perchs.	l.	s.	d.	f. pts.
30	0	7	1	2 0
20	0	4	9	0 0
10	0	2	4	2 0
9	0	2	1	2 .6
8	0	1	10	3 .2
7	0	1	7	3 .8
6	0	1	5	0 .4
5	0	1	2	1 0
4	0	0	11	1 .6
3	0	0	8	2 .2
2	0	0	5	2 .8
1	0	0	2	3 .4

38 s. 6 d. per Acre.

Acres	l	s.	d.	f. pts.
1	1	18	6	0
2	3	17	0	0
3	5	15	6	0
4	7	14	0	0
5	9	12	6	0
6	11	11	0	0
7	13	9	6	0
8	15	8	0	0
9	17	6	6	0
10	19	5	0	0
20	38	10	0	0
30	57	15	0	0
40	77	0	0	0
50	96	5	0	0
60	115	10	0	0
70	134	15	0	0
80	154	0	0	0
90	173	5	0	0
100	192		0	0

Roods	l	s.	d.	f. pts.
3	1	8	10	2 0
2	0	19	3	0 0
1	0	9	7	2 0

Perchs.	l	s	d.	f. pts.
30	0	7	2	2 .5
20	0	4	9	3 0
10	0	2	4	3 .5
9	0	2	1	3 95
8	0	1	11	0 .4
7	0	1	8	0 .85
6	0	1	5	1 .3
5	0	1	2	1 .75
4	0	0	11	2 .2
3	0	0	8	2 .65
2	0	0	5	3 .1
1	0	0	2	3 .55

For Valuing EstaTes from One Shilling to Five Pounds per Acre.

'39 s. per Acre.				39 s. 6 d. per Acre.			
Acres	l.	s.	d.	f. pts.			
Acres	l.	s.	d.	f. pts.	Acres	l.	s.	d.	f. pts.

Acres	l.	s.	d.	f. pts.	Acres	l.	s.	d.	f. pts.
1	1	19	0	0	1	1	19	6	0
2	3	18	0	0	2	3	19	0	0
3	5	17	0	0	3	5	18	6	0
4	7	16	0	0	4	7	18	0	0
5	9	15	0	0	5	9	17	6	0
6	11	14	0	0	6	11	17	0	0
7	13	13	0	0	7	13	16	6	0
8	15	12	0	0	8	15	16	0	0
9	17	11	0	0	9	17	15	6	0
10	19	10	0	0	10	19	15	0	0
20	39	0	0	0	20	39	10	0	0
30	58	10	0	0	30	59	5	0	0
40	78	0	0	0	40	79	0	0	0
50	97	10	0	0	50	98	15	0	0
60	117	0	0	0	60	118	10	0	0
70	136	10	0	0	70	138	5	0	0
80	156	0	0	0	80	158	0	0	0
90	175	10	0	0	90	177	15	0	0
100	195	0	0	0	100	197	10	0	0

Roods	l.	s.	d.	f. pts.	Roods	l.	s.	d.	f. pts.
3	1	9	3	0	3	1	9	7	2 0
2	0	19	6	0	2	0	19	9	0 0
1	0	9	9	0	1	0	9	10	2 0

Perchs.	l.	s.	d,	f. pts.	Perchs.	l.	s.	d.	f. pts.
30	0	7	3	3 0	30	0	7	4	3 .5
20	0	4	10	2 0	20	0	4	11	1 0
10	0	2	5	1 0	10	0	2	5	2 .5
9	0	2	2	1 .3	9	0	2	2	2 .65
8	0	1	11	1 .6	8	0	1	11	2 .8
7	0	1	8	1 .9	7	0	1	8	2 .95
6	0	1	5	2 .2	6	0	1	5	3 .1
5	0	1	2	2 .5	5	0	1	2	3 .25
4	0	0	11	2 .8	4	0	0	11	3 .4
3	0	0	8	3 .1	3	0	0	8	3 .55
2	0	0	5	3 .4	2	0	0	5	3 .7
1	0	0	2	3 .7	1	0	0	2	3 .85

For Valuing Estates from One Shilling to Five Pounds per Acre.

40 s. per Acre.					40 s. 6 d. per Acre.			
Acres	l.	s.	d.	f. pts.	Acres	l.	s.	d.	f. pts.
1	2	0	0	0	1	2	0	6	0
2	4	0	0	0	2	4	1	0	0
3	6	0	0	0	3	6	1	6	0
4	8	0	0	0	4	8	2	0	0
5	10	0	0	0	5	10	2	6	0
6	12	0	0	0	6	12	3	0	0
7	14	0	0	0	7	14	3	6	0
8	16	0	0	0	8	16	4	0	0
9	18	0	0	0	9	18	4	6	0
10	20	0	0	0	10	20	5	0	0
20	40	0	0	0	20	40	10	0	0
30	60	0	0	0	30	60	15	0	0
40	80	0	0	0	40	81	0	0	0
50	100	0	0	0	50	101	5	0	0
60	120	0	0	0	60	121	10	0	0
70	140	0	0	0	70	141	15	0	0
80	160	0	0	0	80	162	0	0	0
90	180	0	0	0	90	182	5	0	0
100	200	0	0	0	100	202	10	0	0

Roods	l.	s.	d.	f. pts.	Roods	l.	s.	d.	f. pts.
3	1	10	0	0	3	1	10	4	2 0
2	1	0	0	0	2	1	0	3	0 0
1	0	10	0	0	1	0	10	1	2 0

Perchs.	l.	s.	d.	f. pts.	Perchs.	l.	s.	d.	f. pts.
30	0	7	6	0 0	30	0	7	7	0 .5
20	0	5	0	0 0	20	0	5	0	3 0
10	0	2	6	0 0	10	0	2	6	1 .5
9	0	2	3	0 0	9	0	2	3	1 .35
8	0	2	0	0 0	8	0	2	0	1 .2
7	0	1	9	0 0	7	0	1	9	1 .05
6	0	1	6	0 0	6	0	1	6	0 .9
5	0	1	3	0 0	5	0	1	3	0 .75
4	0	1	0	0 0	4	0	1	0	0 .6
3	0	0	9	0 0	3	0	0	9	0 .45
2	0	0	6	0 0	2	0	0	6	0 .3
1	0	0	3	0 0	1	0	0	3	0 .15

For Valuing Estates from One Shilling to Five Pounds per Acre.

41 s. per Acre.					41 s. 6 d. per Acre.				
Acres	l.	s.	d.	f. pts.	Acres	l.	s.	d.	f. pts.
1	2	1	0	0	1	2	1	6	0
2	4	2	0	0	2	4	3	0	0
3	6	3	0	0	3	6	4	6	0
4	8	4	0	0	4	8	6	0	0
5	10	5	0	0	5	10	7	6	0
6	12	6	0	0	6	12	9	0	0
7	14	7	0	0	7	14	10	6	0
8	16	8	0	0	8	16	12	0	0
9	18	9	0	0	9	18	13	6	0
10	20	10	0	0	10	20	15	0	0
20	41	0	0	0	20	41	10	0	0
30	61	10	0	0	30	62	5	0	0
40	82	0	0	0	40	83	0	0	0
50	102	10	0	0	50	103	15	0	0
60	123	0	0	0	60	124	10	0	0
70	143	10	0	0	70	145	5	0	0
80	164	0	0	0	80	166	0	0	0
90	184	10	0	0	90	186	15	0	0
100	205	0	0	0	100	207	10	0	0
Roods	l.	s.	d.	f. pts.	Roods	l.	s.	d.	f. pts.
3	1	10	9	0	3	1	11	1	2 0
2	1	0	6	0	2	1	0	9	0 0
1	0	10	3	0	1	0	10	4	2 0
Perchs.	l.	s.	d.	f. pts.	Perchs.	l.	s.	d.	f. pts.
30	0	7	8	1 0	30	0	7	9	1 .5
20	0	5	1	2 0	20	0	5	2	1 0
10	0	2	6	3 0	10	0	2	7	0 .5
9	0	2	3	2 .7	9	0	2	4	0 .05
8	0	2	0	2 .4	8	0	2	0	3 .6
7	0	1	9	2 .1	7	0	1	9	3 .15
6	0	1	6	2 .8	6	0	1	6	2 .7
5	0	1	3	1 .5	5	0	1	3	2 .25
4	0	1	0	1 .2	4	0	1	0	1 .8
3	0	0	9	0 .9	3	0	0	9	1 .35
2	0	0	6	0 .6	2	0	0	6	0 .9
1	0	0	3	0 .3	1	0	0	3	0 .45

For Valuing Estates from One Shilling to Five Pounds per Acre.

Acres	l.	s.	d.	f. pts.	Acres	l.	s.	d.	f. pts.
42 s. per Acre.					42 s. 6 d. per Acre.				
1	2	2	0	0	1	2	2	6	0
2	4	4	0	0	2	4	5	0	0
3	6	6	0	0	3	6	7	6	0
4	8	8	0	0	4	8	10	0	0
5	10	10	0	0	5	10	12	6	0
6	12	12	0	0	6	12	15	0	0
7	14	14	0	0	7	14	17	6	0
8	16	16	0	0	8	17	0	0	0
9	18	18	0	0	9	19	2	6	0
10	21	0	0	0	10	21	5	0	0
20	42	0	0	0	20	42	10	0	0
30	63	0	0	0	30	63	15	0	0
40	84	0	0	0	40	85	0	0	0
50	105	0	0	0	50	106	5	0	0
60	126	0	0	0	60	127	10	0	0
70	147	0	0	0	70	148	15	0	0
80	168	0	0	0	80	170	0	0	0
90	189	0	0	0	90	191	5	0	0
100	210	0	0	0	100	212	10	0	0

Roods	l.	s.	d.	f. pts.	Roods	l.	s.	d.	f. pts.
3	1	11	6	0	3	1	11	10	2 0
2	1	1	0	0	2	1	1	3	0 0
1	0	10	6	0	1	0	10	7	2 0

Perchs.	l.	s.	d.	f. pts.	Perchs.	l.	s.	d.	f. pts.
30	0	7	10	2 0	30	0	7	11	2 .5
20	0	5	3	0 0	20	0	5	3	3 0
10	0	2	7	2 0	10	0	2	7	3 5
9	0	2	4	1 .4	9	0	2	4	2 .75
8	0	2	1	0 .8	8	0	2	1	2 0
7	0	1	10	0 .2	7	0	1	10	1 .25
6	0	1	6	3 .6	6	0	1	7	0 .5
5	0	1	3	3 0	5	0	1	3	3 .75
4	0	1	0	2 .4	4	0	1	0	3 0
3	0	0	9	1 .8	3	0	0	9	2 .25
2	0	0	6	1 .2	2	0	0	6	1 .5
1	0	0	3	0 .6	1	0	0	3	0 .75

For Valuing Estates from One Shilling to Five Pounds per Acre.

43 s. per Acre.

Acres	l.	s.	d.	f. pts.
1	2	3	0	0
2	4	6	0	0
3	6	9	0	0
4	8	12	0	0
5	10	15	0	0
6	12	18	0	0
7	15	1	0	0
8	17	4	0	0
9	19	7	0	0
10	21	10	0	0
20	43	0	0	0
30	64	10	0	0
40	86	0	0	0
50	107	10	0	0
60	129	0	0	0
70	150	10	0	0
80	172	0	0	0
90	193	10	0	0
100	215	0	0	0

Roods	l.	s.	d.	f. pts.
3	1	12	3	0
2	1	1	6	0
1	0	10	9	0

Perchs.	l.	s.	d.	f. pts.
30	0	8	0	3 0
20	0	5	4	2 0
10	0	2	8	1 0
9	0	2	5	0 .1
8	0	2	1	3 .2
7	0	1	10	2 .3
6	0	1	7	1 .4
5	0	1	4	0 .5
4	0	1	0	3 .6
3	0	0	9	2 .7
3	0	0	6	1 .8
1	0	0	3	0 .9

43 s. 6 d. per Acre.

Acres	l.	s.	d.	f. pts.
1	2	3	6	0
2	4	7	0	0
3	6	10	6	0
4	8	14	0	0
5	10	17	6	0
6	13	1	0	0
7	15	4	6	0
8	17	8	0	0
9	19	11	6	0
10	21	15	0	0
20	43	10	0	0
30	65	5	0	0
40	87	0	0	0
50	108	15	0	0
60	130	10	0	0
70	152	5	0	0
80	174	0	0	0
90	195	15	0	0
100	217	10	0	0

Roods	l.	s.	d.	f. pts.
3	1	12	7	2 0
2	1	1	9	0 0
1	0	10	10	2 0

Perchs.	l.	s.	d.	f. pts.
30	0	8	1	3 .5
20	0	5	5	1 0
10	0	2	8	2 .5
9	0	2	5	1 .45
8	0	2	2	0 .4
7	0	1	10	3 .35
6	0	1	7	2 .3
5	0	1	4	1 .25
4	0	1	1	0 .2
3	0	0	9	3 .15
2	0	0	6	2 .1
1	0	0	3	1 .05

For Valuing Estates from One Shilling to Five Pounds per Acre.

44 s. per Acre.					44 s. 6 d. per Acre.				
Acres	l.	s.	d.	f. pts.	Acres	l.	s.	d.	f. pts.
1	2	4	0	0	1	2	4	6	0
2	4	8	0	0	2	4	9	0	0
3	6	12	0	0	3	6	13	6	0
4	8	16	0	0	4	8	18	0	0
5	11	0	0	0	5	11	2	6	0
6	13	4	0	0	6	13	7	0	0
7	15	8	0	0	7	15	11	6	0
8	17	12	0	0	8	17	16	0	0
9	19	16	0	0	9	20	0	6	0
10	22	0	0	0	10	22	5	0	0
20	44	0	0	0	20	44	10	0	0
30	66	0	0	0	30	66	15	0	0
40	88	0	0	0	40	89	0	0	0
50	110	0	0	0	50	111	5	0	0
60	132	0	0	0	60	133	10	0	0
70	154	0	0	0	70	155	15	0	0
80	176	0	0	0	80	178	0	0	0
90	198	0	0	0	90	200	5	0	0
100	220	0	0	0	100	222	10	0	0
Roods	l.	s.	d.	f. pts.	Roods	l.	s.	d.	f. pts.
3	1	13	0	0	3	1	13	4	2 0
2	1	2	0	0	2	1	2	3	0 0
1	0	11	0	0	1	0	11	1	2 0
Perchs.	l.	s.	d.	f. pts.	Perchs.	l.	s.	d.	f. pts.
30	0	8	3	0 0	30	0	8	4	0 .5
20	0	5	6	0 0	20	0	5	6	3 0
10	0	2	9	0 0	10	0	2	9	1 .5
9	0	2	5	2 .8	9	0	2	6	0 .15
8	0	2	2	1 .6	8	0	2	2	2 .8
7	0	1	11	0 .4	7	0	1	11	1 .45
6	0	1	7	3 .2	6	0	1	8	0 .1
5	0	1	4	2 0	5	0	1	4	2 .75
4	0	1	1	0 .8	4	0	1	1	1 .4
3	0	0	9	3 .6	3	0	0	10	0 .05
2	0	0	6	2 .4	2	0	0	6	2 .7
1	0	0	3	1 .2	1	0	0	3	1 .35

For Valuing ESTATES from One Shilling to Five Pounds per Acre.

Acres	l.	s.	d.	f. pts.	Acres	l.	s.	d.	f. pts.
	45 s. per Acre.					45 s. 6 d. per Acre.			
1	2	5	0	0	1	2	5	6	0
2	4	10	0	0	2	4	11	0	0
3	6	15	0	0	3	6	16	6	0
4	9	0	0	0	4	9	2	0	0
5	11	5	0	0	5	11	7	6	0
6	13	10	0	0	6	13	13	0	0
7	15	15	0	0	7	15	18	6	0
8	18	0	0	0	8	18	4	0	0
9	20	5	0	0	9	20	9	6	0
10	22	10	0	0½	10	22	15	0	0
20	45	0	0	0	20	45	10	0	0
30	67	10	0	0	30	68	5	0	0
40	90	0	0	0	40	91	0	0	0
50	112	10	0	0	50	113	15	0	0
60	135	0	0	0	60	136	10	0	0
70	157	10	0	0	70	159	5	0	0
80	180	0	0	0	80	182	0	0	0
90	202	10	0	0	90	204	15	0	0
100	225	0	0	0	100	227	10	0	0

Roods	l.	s.	d.	f. pts.	Roods	l.	s.	d.	f. pts.
3	1	13	9	0	3	1	14	1	2 0
2	1	2	6	0	2	1	2	9	0 0
1	0	11	3	0	1	0	11	4	2 0

Perchs.	l.	s.	d.	f. pts.	Perchs.	l.	s.	d.	f. pts.
30	0	8	5	1 0	30	0	8	6	1 .5
20	0	5	7	2 0	20	0	5	8	1 0
10	0	2	9	3 0	10	0	2	10	0 .5
9	0	2	6	1 .5	9	0	2	6	2 .85
8	0	2	3	0 0	8	0	2	3	1 .2
7	0	1	11	2 .5	7	0	1	11	3 .55
6	0	1	8	1 0	6	0	1	8	1 .9
5	0	1	4	3 .5	5	0	1	5	0 .25
4	0	1	1	2 0	4	0	1	1	2 .6
3	0	0	10	0 .5	3	0	0	10	0 .95
2	0	0	6	3 0	2	0	0	6	3 .3
1	0	0	3	1 .5	1	0	0	3	1 .65

For Valuing Estates from One Shilling to Five.
Pounds per Acre.

Acres	l.	s.	d.	f. pts.	Acres	l.	s.	d.	f. pts.
	46 s. per Acre.					46 s. 6 d. per Acre.			
1	2	6	0	0	1	2	6	6	0
2	4	12	0	0	2	4	13	0	0
3	6	18	0	0	3	6	19	6	0
4	9	4	0	0	4	9	6	0	0
5	11	10	0	0	5	11	12	6	0
6	13	16	0	0	6	13	19	0	0
7	16	2	0	0	7	16	5	6	0
8	18	8	0	0	8	18	12	0	0
9	20	14	0	0	9	20	18	6	0
10	23	0	0	0	10	23	5	0	0
20	46	0	0	0	20	46	10	0	0
30	69	0	0	0	30	69	15	0	0
40	92	0	0	0	40	93	0	0	0
50	115	0	0	0	50	116	5	0	0
60	138	0	0	0	60	139	10	0	0
70	161	0	0	0	70	162	15	0	0
80	184	0	0	0	80	186	0	0	0
90	207	0	0	0	90	209	5	0	0
100	230	0	0	0	100	232	10	0	0

Roods	l.	s.	d.	f. pts.	Roods	l.	s.	d.	f. pts.
3	1	14	6	0	3	1	14	10	2 0
2	1	3	0	0	2	1	3	3	0 0
1	0	11	6	0	1	0	11	7	2 0

Perchs.	l.	s.	d.	f. pts.	Perchs	l.	s.	d.	f. pts.
30	0	8	7	2 0	30	0	8	8	2 .5
20	0	5	9	0 0	20	0	5	9	3 0
10	0	2	10	2 0	10	0	2	10	3 .5
9	0	2	7	0 .2	9	0	2	7	1 .55
8	0	2	3	2 .4	8	0	2	3	3 .6
7	0	2	0	0 .6	7	0	2	0	1 .65
6	0	1	8	2 .8	6	0	1	8	3 .7
5	0	1	5	1 0	5	0	1	5	1 .75
4	0	1	1	3 .2	4	0	1	1	3 .8
3	0	0	10	1 .4	3	0	0	10	1 .85
2	0	0	6	3 .6	2	0	0	6	3 .9
1	0	0	3	1 8	1	0	0	3	1 .95

For Valuing Estates from One Shilling to Five
Pounds per Acre.

47 s. per Acre.				47 s. 6 d. per Acre.			
Acres	l.	s.	d.	f. pts.	Acres	l.	s.	d.	f. pts.

Acres	l.	s.	d.	f. pts.	Acres	l.	s.	d.	f. pts.
1	2	7	0	0	1	2	7	6	0
2	4	14	0	0	2	4	15	0	0
3	7	1	0	0	3	7	2	6	0
4	9	8	0	0	4	9	10	0	0
5	11	15	0	0	5	11	17	6	0
6	14	2	0	0	6	14	5	0	0
7	16	9	0	0	7	16	12	6	0
8	18	16	0	0	8	19	0	0	0
9	21	3	0	0	9	21	7	6	0
10	23	10	0	0	10	23	15	0	0
20	47	0	0	0	20	47	10	0	0
30	70	10	0	0	30	71	5	0	0
40	94	0	0	0	40	95	0	0	0
50	117	10	0	0	50	118	15	0	0
60	141	0	0	0	60	142	10	0	0
70	164	10	0	0	70	166	5	0	0
80	188	0	0	0	80	190	0	0	0
90	211	10	0	0	90	213	15	0	0
100	235	0	0	0	100	237	10	0	0

Roods	l.	s.	d.	f. pts.	Roods	l.	s.	d.	f. pts.
3	1	15	3	0	3	1	15	7	2 0
2	1	3	6	0	2	1	3	9	0 0
1	0	11	9	0	1	0	11	10	2 0

Perchs.	l.	s.	d.	f. pts.	Perchs.	l.	s.	d.	f. pts.
30	0	8	9	3 0	30	0	8	10	3 .5
20	0	5	10	2 0	20	0	5	11	1 0
10	0	2	11	1 0	10	0	2	11	2 .5
9	0	2	7	2 .9	9	0	2	8	0 .25
8	0	2	4	0 .8	8	0	2	4	2 0
7	0	2	0	2 .7	7	0	2	0	3 .75
6	0	1	9	0 .6	6	0	1	9	1 .5
5	0	1	5	2 .5	5	0	1	5	3 .25
4	0	1	2	0 .4	4	0	1	2	1 0
3	0	0	10	2 .3	3	0	0	10	2 .75
2	0	0	7	0 .2	2	0	0	7	0 5
1	0	0	3	2 .1	1	0	0	3	2 .25

TABLES

For Valuing Estates from One Shilling to Five Pounds per Acre.

48 s. per Acre.

Acres	l.	s.	d.	f. pts.
1	2	8	0	0
2	4	16	0	0
3	7	4	0	0
4	9	12	0	0
5	12	0	0	0
6	14	8	0	0
7	16	16	0	0
8	19	4	0	0
9	21	12	0	0
10	24	0	0	0
20	48	0	0	0
30	72	0	0	0
40	96	0	0	0
50	120	0	0	0
60	144	0	0	0
70	168	0	0	0
80	192	0	0	0
90	216	0	0	0
100	240	0	0	0

Roods	l.	s.	d.	f. pts.
3	1	16	0	0
2	1	4	0	0
1	0	12	0	0

Perchs.	l.	s.	d.	f. pts.
30	0	9	0	0 0
20	0	6	0	0 0
10	0	3	0	0 0
9	0	2	.6	1 .6
8	0	2	.4	3 .2
7	0	2	.1	0 .8
6	0	1	.9	2 .4
5	0	1	.6	0 0
4	0	1	.2	1 .6
3	0	0	10	3 .2
2	0	0	.7	0 .8
1	0	0	3	2 .4

48 s 6 d. per Acre.

Acres	l.	s.	d.	f. pts.
1	2	8	6	0
2	4	17	0	0
3	7	5	6	0
4	9	14	0	0
5	12	2	6	0
6	14	11	0	0
7	16	19	6	0
8	19	8	0	0
9	21	16	6	0
10	24	5	0	0
20	48	10	0	0
30	72	15	0	0
40	97	0	0	0
50	121	5	0	0
60	145	10	0	0
70	169	15	0	0
80	194	0	0	0
90	218	5	0	0
100	242	10	0	0

Roods	l.	s.	d.	f. pts.
3	1	16	4	2 0
2	1	4	3	0 0
1	0	12	1	2 0

Perchs.	l.	s.	d.	f. pts.
30	0	9	1	0 .5
20	0	6	0	3 0
10	0	3	0	1 .5
9	0	2	8	2 .95
8	0	2	5	0 .4
7	0	2	1	1 .85
6	0	1	9	3 .3
5	0	1	6	0 .75
4	0	1	2	2 .2
3	0	0	10	3 .65
2	0	0	7	1 .1
1	0	0	3	2 .55

For Valuing ESTATES from One Shilling to Five Pounds per Acre.

49 s. per Acre.				49 s. 6 d. per Acre.			
Acres	l.	s.	d.	f. pts.			

Acres	l.	s.	d.	f. pts.	Acres	l.	s.	d.	f. pts.
1	2	9	0	0	1	2	9	6	0
2	4	18	0	0	2	4	19	0	0
3	7	7	0	0	3	7	8	6	0
4	9	16	0	0	4	9	18	0	0
5	12	5	0	0	5	12	7	6	0
6	14	14	0	0	6	14	17	0	0
7	17	3	0	0	7	17	6	6	0
8	19	12	0	0	8	19	16	0	0
9	22	1	0	0	9	22	5	6	0
10	24	10	0	0	10	24	15	0	0
20	49	0	0	0	20	49	10	0	0
30	73	10	0	0	30	74	5	0	0
40	98	0	0	0	40	99	0	0	0
50	122	10	0	0	50	123	15	0	0
60	147	0	0	0	60	148	10	0	0
70	171	10	0	0	70	173	5	0	0
80	196	0	0	0	80	198	0	0	0
90	220	10	0	0	90	222	15	0	0
100	245	0	0	0	100	247	10	0	0

Roods	l.	s.	d.	f. pts.	Roods	l.	s.	d.	f. pts.
3	1	16	9	0	3	1	17	1	2 0
2	1	4	6	0	2	1	4	9	0 0
1	0	12	3	0	1	0	12	4	2 0

Perchs.	l.	s.	d.	f. pts.	Perchs.	l.	s.	d.	f. pts.
30	0	9	2	1 0	30	0	9	3	1 .5
20	0	6	1	2 0	20	0	6	2	1 0
10	0	3	0	3 0	10	0	3	1	0 .5
9	0	2	9	0 .3	9	0	2	9	1 .65
8	0	2	5	1 .6	8	0	2	5	2 .8
7	0	2	1	2 .9	7	0	2	1	3 .95
6	0	1	10	0 .2	6	0	1	10	1 .1
5	0	1	6	1 .5	5	0	1	6	2 .25
4	0	1	2	2 .8	4	0	1	2	3 .4
3	0	0	11	0 .1	3	0	0	11	0 .55
2	0	0	7	1 .4	2	0	0	7	1 .7
1	0	0	3	2 .7	1	0	0	3	2 .85

G

For Valuing ESTATES from One Shilling to Five
Pounds per Acre.

50 s. per Acre.				50 s. 6 d. per Acre.				
Acres	*l.*	*s.*	*d.*	*f. pts.*	Acres	*l.*	*s.*	*d.*	*f. pts.*
1	2	10	0	0	1	2	10	6	0
2	5	0	0	0	2	5	1	0	0
3	7	10	0	0	3	7	11	6	0
4	10	0	0	0	4	10	2	0	0
5	12	10	0	0	5	12	12	6	0
6	15	0	0	0	6	15	3	0	0
7	17	10	0	0	7	17	13	6	0
8	20	0	0	0	8	20	4	0	0
9	22	10	0	0	9	22	14	6	0
10	25	0	0	0	10	25	5	0	0
20	50	0	0	0	20	50	10	0	0
30	75	0	0	0	30	75	15	0	0
40	100	0	0	0	40	101	0	0	0
50	125	0	0	0	50	126	5	0	0
60	150	0	0	0	60	151	10	0	0
70	175	0	0	0	70	176	15	0	0
80	200	0	0	0	80	202	0	0	0
90	225	0	0	0	90	227	5	0	0
100	250	0	0	0	100	252	10	0	0
Roods	*l.*	*s.*	*d*	*f pts.*	Roods	*l*	*s.*	*d.*	*f. pts.*
3	1	17	6	0	3	1	17	10	2 0
2	1	5	0	0	2	1	5	3	0 0
1	0	12	6	0	1	0	12	7	2 0
Perchs.	*l.*	*s*	*d.*	*f. pts.*	Perchs.	*l.*	*s.*	*d.*	*f. pts.*
30	0	9	4	2 0	30	0	9	5	2 .5
20	0	6	3	0 0	20	0	6	3	3 0
10	0	3	1	2 0	10	0	3	1	3 .5
9	0	2	9	3 0	9	0	2	10	0 .35
8	0	2	6	0 0	8	0	2	6	1 .2
7	0	2	2	1 0	7	0	2	2	2 .05
6	0	1	10	2 0	6	0	1	10	2 .9
5	0	1	6	3 0	5	0	1	6	3 .75
4	0	1	3	0 0	4	0	1	3	0 .6
3	0	0	11	1 0	3	0	0	11	1 .45
2	0	0	7	2 0	2	0	0	7	2 .3
1	0	0	3	3 0	1	0	0	3	3 .15

For Valuing Estates from One Shilling to Five Pounds per Acre.

51 s. per Acre.					51 s. 6 d. per Acre.				
Acres	l.	s.	d.	f. pts.	Acres	l.	s.	d.	f. pts.
1	2	11	0	0	1	2	11	6	0
2	5	2	0	0	2	5	3	0	0
3	7	13	0	0	3	7	14	6	0
4	10	4	0	0	4	10	6	0	0
5	12	15	0	0	5	12	17	6	0
6	15	6	0	0	6	15	9	0	0
7	17	17	0	0	7	18	0	6	0
8	20	8	0	0	8	20	12	0	0
9	22	19	0	0	9	23	3	6	0
10	25	10	0	0	10	25	15	0	0
20	51	0	0	0	20	51	10	0	0
30	76	10	0	0	30	77	5	0	0
40	102	0	0	0	40	103	0	0	0
50	127	10	0	0	50	128	15	0	0
60	153	0	0	0	60	154	10	0	0
70	178	10	0	0	70	180	5	0	0
80	204	0	0	0	80	206	0	0	0
90	229	10	0	0	90	231	15	0	0
100	255	0	0	0	100	257	10	0	0

Roods	l.	s.	d.	f. pts.	Roods	l.	s.	d.	f. pts.
3	1	18	3	0	3	1	18	7	2 0
2	1	5	6	0	2	1	5	9	0 0
1	0	12	9	0	1	0	12	10	2 0

Perchs.	l.	s.	d.	f. pts.	Perchs.	l.	s.	d.	f. pts.
30	0	9	6	3 0	30	0	9	7	3 .5
20	0	6	4	2 0	20	0	6	5	1 0
10	0	3	2	1 0	10	0	3	2	2 .5
9	0	2	10	1 .7	9	0	2	10	3 .05
8	0	2	6	2 .4	8	0	2	6	3 .6
7	0	2	2	3 .1	7	0	2	3	0 .15
6	0	1	10	3 .8	6	0	1	11	0 .7
5	0	1	7	0 .5	5	0	1	7	1 .25
4	0	1	3	1 .2	4	0	1	3	1 .8
3	0	0	11	1 .9	3	0	0	11	2 .35
2	0	0	7	2 .6	2	0	0	7	2 .9
1	0	0	3	3 .3	1	0	0	3	3 .45

For Valuing ESTATES from One Shilling to Five Pounds per Acre.

Acres	52 s. per Acre. l.	s.	d.	f. pts.	Acres	52 s. 6 d. per Acre. l.	s.	d.	f. pts.
1	2	12	0	·0	1	2	12	6	0
2	5	4	0	0	2	5	5	0	0
3	7	16	0	0	3	7	17	6	0
4	10	8	0	0	4	10	10	0	0
5	13	0	0	0	5	13	2	6	0
6	15	12	0	0	6	15	15	0	0
7	18	4	0	0	7	18	7	6	0
8	20	16	0	0	8	21	0	0	0
9	23	8	0	0	9	23	12	6	0
10	26	0	0	0	10	26	5	0	0
20	52	0	0	0	20	52	10	0	0
30	78	0	0	0	30	78	15	0	0
40	104	0	0	0	40	105	0	0	0
50	130	0	0	0	50	131	5	0	0
60	156	0	0	0	60	157	10	0	0
70	182	0	0	0	70	183	15	0	0
80	208	0	0	0	80	210	0	0	0
90	234	0	0	0	90	236	5	0	0
100	260	0	0	0	100	262	10	0	0

Roods	l.	s.	d	f. pts.	Roods	l.	s.	d.	f. pts.
3	1	19	0	0	3	1	19	4	2 0
2	1	6	0	0	2	1	6	3	0 0
1	0	13	0	0	1	0	13	1	2 0

Perchs	l.	s.	d.	f. pts.	Perchs	l.	s.	d.	f. pts.
30	0	9	9	0 0	30	0	9	10	0 ·5
20	0	6	6	0 0	20	0	6	6	3 0
10	0	3	3	0 0	10	0	3	3	1 ·5
9	0	2	11	0 ·4	9	0	2	11	1 ·75
8	0	2	7	0 ·8	8	0	2	7	2 0
7	0	2	3	1 ·2	7	0	2	3	2 ·25
6	0	1	11	1 ·6	6	0	1	11	2 ·5
5	0	1	7	2 0	5	0	1	7	2 ·75
4	0	1	3	2 ·4	4	0	1	3	3 0
3	0	0	11	2 ·8	3	0	0	11	3 ·25
2	0	0	7	3 ·2	2	0	0	7	3 ·5
1	0	0	3	3 ·6	1	0	0	3	3 ·75

For Valuing ESTATES from One Shilling to Five Pounds pre Acre.

53 s. per Acre.					53 s. 6 d. per Acre.				
Acres	l.	s.	d.	f. pts.	Acres	l.	s.	d.	f. pts.
1	2	13	0	0	1	2	13	6	0
2	5	6	0	0	2	5	7	0	0
3	7	19	0	0	3	8	0	6	0
4	10	12	0	0	4	10	14	0	0
5	13	5	0	0	5	13	7	6	0
6	15	18	0	0	6	16	1	0	0
7	18	11	0	0	7	18	14	6	0
8	21	4	0	0	8	21	8	0	0
9	23	17	0	0	9	24	1	6	0
10	26	10	0	0	10	26	15	0	0
20	53	0	0	0	20	53	10	0	0
30	79	10	0	0	30	80	5	0	0
40	106	0	0	0	40	107	0	0	0
50	132	10	0	0	50	133	15	0	0
60	159	0	0	0	60	160	10	0	0
70	185	10	0	0	70	187	5	0	0
80	212	0	0	0	80	214	0	0	0
90	238	10	0	0	90	240	15	0	0
100	265	0	0	0	100	267	10	0	0
Roods	l.	s.	d.	f. pts.	Roods	l.	s.	d.	f. pts.
3	1	19	9	0	3	2	0	1	2 0
2	1	6	6	0	2	1	6	9	0 0
1	0	13	3	0	1	0	13	4	2 0
Perchs.	l.	s.	d.	f. pts.	Perchs	l.	s.	d.	f. pts.
30	0	9	11	1 0	30	0	10	0	1 .5
20	0	6	7	2 0	20	0	6	8	1 0
10	0	3	3	3 0	10	0	3	4	0 .5
9	0	2	11	3 .1	9	0	3	0	0 .45
8	0	2	7	3 .2	8	0	2	8	0 .4
7	0	2	5	3 .3	7	0	2	4	0 .35
6	0	1	11	3 .4	6	0	2	0	0 .3
5	0	1	7	3 .5	5	0	1	8	0 .25
4	0	1	3	3 .6	4	0	1	4	0 .2
3	0	0	11	3 .7	3	0	1	0	0 .15
2	0	0	7	3 .8	2	0	0	8	0 .1
1	0	0	3	3 .9	1	0	0	4	0 .05

TABLES

For Valuing Estates from One Shilling to Five Pounds per Acre.

	54 s. per Acre.					54 s. 6 d. per Acre.			
Acres	l.	s.	d.	f. pts.	Acres	l.	s.	d.	f. pts.
1	2	14	0	0	1	2	14	6	0
2	5	8	0	0	2	5	9	0	0
3	8	2	0	0	3	8	3	6	0
4	10	16	0	0	4	10	18	0	0
5	13	10	0	0	5	13	12	6	0
6	16	4	0	0	6	16	7	0	0
7	18	18	0	0	7	19	1	6	0
8	21	12	0	0	8	21	16	0	0
9	24	6	0	0	9	24	10	6	0
10	27	0	0	0	10	27	5	0	0
20	54	0	0	0	20	54	10	0	0
30	81	0	0	0	30	81	15	0	0
40	108	0	0	0	40	109	0	0	0
50	135	0	0	0	50	136	5	0	0
60	162	0	0	0	60	163	10	0	0
70	189	0	0	0	70	190	15	0	0
80	216	0	0	0	80	218	0	0	0
90	243	0	0	0	90	245	5	0	0
100	270	0	0	0	100	272	10	0	0
Roods	l.	s.	d.	f. pts.	Roods	l.	s.	d.	f. pts.
3	2	0	6	0	3	2	0	10	2 0
2	1	7	0	0	2	1	7	3	0 0
1	0	13	6	0	1	0	13	7	2 0
Perchs.	l.	s.	d.	f. pts.	Perchs.	l.	s.	d.	f. pts.
30	0	10	1	2 0	30	0	10	2	2 .5
20	0	6	9	0 0	20	0	6	9	3 0
10	0	3	4	2 0	10	0	3	4	3 .5
9	0	3	0	1 .8	9	0	3	0	3 15
8	0	2	8	1 .6	8	0	2	8	2 .8
7	0	2	4	1 .4	7	0	2	4	2 .45
6	0	2	0	1 .2	6	0	2	0	2 .1
5	0	1	8	1 0	5	0	1	8	1 .75
4	0	1	4	0 .8	4	0	1	4	1 .4
3	0	1	0	0 .6	3	0	1	0	1 .05
2	0	0	8	0 .4	2	0	0	8	0 .7
1	0	0	4	0 .2	1	0	0	4	0 .35

For Valuing ESTATES from One Shilling to Five Pounds per Acre.

55 s. per Acre.				55 s. 6 d. per Acre.			
Acres	l.	s.	d.	f. pts.	Acres	l.	s.	d.	f. pts.
1	2	15	0	0	1	2	15	6	0
2	5	10	0	0	2	5	11	0	0
3	8	5	0	0	3	8	6	6	0
4	11	0	0	0	4	11	2	0	0
5	13	15	0	0	5	13	17	6	0
6	16	10	0	0	6	16	13	0	0
7	19	5	0	0	7	19	8	6	0
8	22	0	0	0	8	22	4	0	0
9	24	15	0	0	9	24	19	6	0
10	27	10	0	0	10	27	15	0	0
20	55	0	0	0	20	55	10	0	0
30	82	10	0	0	30	83	5	0	0
40	110	0	0	0	40	111	0	0	0
50	137	10	0	0	50	138	15	0	0
60	165	0	0	0	60	166	10	0	0
70	192	10	0	0	70	194	5	0	0
80	220	0	0	0	80	222	0	0	0
90	247	10	0	0	90	249	15	0	0
100	275	0	0	0	100	277	10	0	0
Roods	l.	s.	d.	f. pts.	Roods	l.	s.	d.	f. pts.
3	2	1	3	0	3	2	1	7	2 0
2	1	7	6	0	2	1	7	9	0 0
1	0	13	9	0	1	0	13	10	2 0
Perchs.	l.	s.	d.	f. pts.	Perchs.	l.	s.	d.	f. pts.
30	0	10	3	3 0	30	0	10	4	3 .5
20	0	6	10	2 0	20	0	6	11	1 0
10	0	3	5	1 0	10	0	3	5	2 .5
9	0	3	1	0 .5	9	0	3	1	1 .85
8	0	2	9	0 0	8	0	2	9	1 .2
7	0	2	4	3 .5	7	0	2	5	0 .55
6	0	2	0	3 0	6	0	2	0	3 .9
5	0	1	8	2 .5	5	0	1	8	3 .25
4	0	1	4	2 0	4	0	1	4	2 .6
3	0	1	0	1 .5	3	0	1	0	1 .95
2	0	0	8	1 0	2	0	0	8	1 .3
1	0	0	4	0 .5	1	0	0	4	0 .65

For Valuing ESTATES from One Shilling to Five
Pounds per Acre.

56 s. per Acre.				56 s. 6 d. per Acre.			
Acres	l.	s.	d.	f. pts.	Acres	l.	s.	d.	f. pts.

Acres	l.	s.	d.	f. pts.	Acres	l.	s.	d.	f. pts.
1	2	16	0	0	1	2	16	6	0
2	5	12	0	0	2	5	13	0	0
3	8	8	0	0	3	8	9	6	0
4	11	4	0	0	4	11	6	0	0
5	14	0	0	0	5	14	2	6	0
6	16	16	0	0	6	16	19	0	0
7	19	12	0	0	7	19	15	6	0
8	22	8	0	0	8	22	12	0	0
9	25	4	0	0	9	25	8	6	0
10	28	0	0	0	10	28	5	0	0
20	56	0	0	0	20	56	10	0	0
30	84	0	0	0	30	84	15	0	0
40	112	0	0	0	40	113	0	0	0
50	140	0	0	0	50	141	5	0	0
60	168	0	0	0	60	169	10	0	0
70	196	0	0	0	70	197	15	0	0
80	224	0	0	0	80	226	0	0	0
90	252	0	0	0	90	254	5	0	0
100	280	0	0	0	100	282	10	0	0

Roods	l.	s.	d.	f. pts.	Roods	l.	s.	d.	f. pts.
3	2	2	0	0	3	2	2	4	2 0
2	1	8	0	0	2	1	8	3	0 0
1	0	14	0	0	1	0	14	1	2 0

Perchs.	l.	s.	d.	f. pts.	Perchs.	l.	s.	d.	f. pts.
30	0	10	6	0 0	30	0	10	7	0 .5
20	0	7	0	0 0	20	0	7	0	3 0
10	0	3	6	0 0	10	0	3	6	1 .5
9	0	3	1	3 .2	9	0	3	2	0 .55
8	0	2	9	2 .4	8	0	2	9	3 .6
7	0	2	5	1 .6	7	0	2	5	2 .65
6	0	2	1	0 .8	6	0	2	1	1 .7
5	0	1	9	0 0	5	0	1	9	0 .75
4	0	1	4	3 .2	4	0	1	4	3 .8
3	0	1	0	2 .4	3	0	1	0	2 .85
2	0	0	8	1 .6	2	0	0	8	1 .9
1	0	0	4	0 .8	1	0	0	4	0 .95

For Valuing Estates from One Shilling to Five Pounds per Acre.

57 s. per Acre.

Acres	l.	s.	d.	f. pts.
1	2	17	0	0
2	5	14	0	0
3	8	11	0	0
4	11	8	0	0
5	14	5	0	0
6	17	2	0	0
7	19	19	0	0
8	22	16	0	0
9	25	13	0	0
10	28	10	0	0
20	57	0	0	0
30	85	10	0	0
40	114	0	0	0
50	142	10	0	0
60	171	0	0	0
70	199	10	0	0
80	228	0	0	0
90	256	10	0	0
100	285	0	0	0

Roods	l.	s.	d.	f. pts.
3	2	2	9	0
2	1	8	6	0
1	0	14	3	0

Perchs.	l.	s.	d.	f. pts.
30	0	10	8	1 0
20	0	7	1	2 0
10	0	3	6	3 0
9	0	3	2	1 .9
8	0	2	10	0 .8
7	0	2	5	3 .7
6	0	2	1	2 .6
5	0	1	9	1 .5
4	0	1	5	0 .4
3	0	1	0	3 .3
2	0	0	8	2 .2
1	0	0	4	1 .1

57 s. 6 d. per Acre.

Acres	l.	s.	d.	f. pts.
1	2	17	6	0
2	5	15	0	0
3	8	12	6	0
4	11	10	0	0
5	14	7	6	0
6	17	5	0	0
7	20	2	6	0
8	23	0	0	0
9	25	17	6	0
10	28	15	0	0
20	57	10	0	0
30	86	5	0	0
40	115	0	0	0
50	143	15	0	0
60	172	10	0	0
70	201	5	0	0
80	230	0	0	0
90	258	15	0	0
100	287	10	0	0

Roods	l.	s.	d.	f. pts.
3	2	3	1	2 0
2	1	8	9	0 0
1	0	14	4	2 0

Perchs.	l.	s.	d.	f. pts.
30	0	10	9	1 .5
20	0	7	2	1 0
10	0	3	7	0 .5
9	0	3	2	3 .25
8	0	2	10	2 0
7	0	2	6	0 .75
6	0	2	1	3 .5
5	0	1	9	2 .25
4	0	1	5	1 0
3	0	1	0	3 .75
2	0	0	8	2 .5
1	0	0	4	1 .25

For Valuing ESTATES from One Shilling to Five Pounds per Acre.

58 s. per Acre.				58 s. 6 d. per Acre.			
Acres	l.	s.	d.	f. pts.	Acres	l.	s.	d.	f. pts.

Acres	l.	s.	d.	f. pts.	Acres	l.	s.	d.	f. pts.
1	2	18	0	0	1	2	18	6	0
2	5	16	0	0	2	5	17	0	0
3	8	14	0	0	3	8	15	6	0
4	11	12	0	0	4	11	14	0	0
5	14	10	0	0	5	14	12	6	0
6	17	8	0	0	6	17	11	0	0
7	20	6	0	0	7	20	9	6	0
8	23	4	0	0	8	23	8	0	0
9	26	2	0	0	9	26	6	6	0
10	29	0	0	0	10	29	5	0	0
20	58	0	0	0	20	58	10	0	0
30	87	0	0	0	30	87	15	0	0
40	116	0	0	0	40	117	0	0	0
50	145	0	0	0	50	146	5	0	0
60	174	0	0	0	60	175	10	0	0
70	203	0	0	0	70	204	15	0	0
80	232	0	0	0	80	234	0	0	0
90	261	0	0	0	90	203	5	0	0
100	290	0	0	0	100	292	10	0	0

Roods	l.	s.	d.	f. pts.	Roods	l.	s.	d.	f. pts.
3	2	3	6	0	3	2	3	10	2 0
2	1	9	0	0	2	1	9	3	0 0
1	0	14	6	0	1	0	14	7	2 0

Perchs.	l.	s.	d.	f. pts.	Perchs.	l.	s.	d.	f. pts.
30	0	10	10	2 0	30	0	10	11	2 .5
20	0	7	3	0 0	20	0	7	3	3 0
10	0	3	7	2 0	10	0	3	7	3 .5
9	0	3	3	0 .6	9	0	3	3	1 .95
8	0	2	10	3 .2	8	0	2	11	0 .4
7	0	2	6	1 .8	7	0	2	6	2 .85
6	0	2	2	0 .4	6	0	2	2	1 .3
5	0	1	9	3 0	5	0	1	9	3 .75
4	0	1	5	1 .6	4	0	1	5	2 .2
3	0	1	1	0 .2	3	0	1	1	0 .65
2	0	0	8	2 .8	2	0	0	8	3 .1
1	0	0	4	1 .4	1	0	0	4	1 .55

For Valuing Estates from One Shilling to Five Pounds per Acre.

Acres	l.	s.	d.	f. pts.	Acres	l.	s.	d.	f. pts.
	59 s. per Acre.					**59 s. 6 d. per Acre.**			
1	2	19	0	0	1	2	19	6	0
2	5	18	0	0	2	5	19	0	0
3	8	17	0	0	3	8	18	6	0
4	11	16	0	0	4	11	18	0	0
5	14	15	0	0	5	14	17	6	0
6	17	14	0	0	6	17	17	0	0
7	20	13	0	0	7	20	16	6	0
8	23	12	0	0	8	23	16	0	0
9	26	11	0	0	9	26	15	6	0
10	29	10	0	0	10	29	15	0	0
20	59	0	0	0	20	59	10	0	0
30	88	10	0	0	30	89	5	0	0
40	118	0	0	0	40	119	0	0	0
50	147	10	0	0	50	148	15	0	0
60	177	0	0	0	60	178	10	0	0
70	206	10	0	0	70	208	5	0	0
80	236	0	0	0	80	238	0	0	0
90	265	10	0	0	90	267	15	0	0
100	295	0	0	0	100	297	10	0	0
Roods	l.	s.	d.	f. pts.	Roods	l.	s.	d.	f. pts.
3	2	4	3	0	3	2	4	7	2 0
2	1	9	6	0	2	1	9	9	0 0
1	0	14	9	0	1	0	14	10	2 0
Perchs.	l.	s.	d.	f. pts.	Perchs.	l.	s.	d.	f. pts.
30	0	11	0	3 0	30	0	11	1	3 .5
20	0	7	4	2 0	20	0	7	5	1 0
10	0	3	8	1 0	10	0	3	8	2 .5
9	0	3	3	3 .3	9	0	3	4	0 .65
8	0	2	11	1 .6	8	0	2	11	2 .8
7	0	2	6	3 .9	7	0	2	7	0 .95
6	0	2	2	2 .2	6	0	2	2	3 .1
5	0	1	10	0 .5	5	0	1	10	1 .25
4	0	1	5	2 .8	4	0	1	5	3 .4
3	0	1	1	1 .1	3	0	1	1	1 .55
2	0	0	8	3 .4	2	0	0	8	3 .7
1	0	0	4	1 .7	1	0	0	4	1 .85

For Valuing ESTATES from One Shilling to Five Pounds per Acre.

60 s. per Acre.					60 s. 6 d. per Acre.				
Acres	l.	s.	d.	f. pts.	Acres	l.	s.	d.	f. pts.
1	3	0	0	0	1	3	0	6	0
2	6	0	0	0	2	6	1	0	0
3	9	0	0	0	3	9	1	6	0
4	12	0	0	0	4	12	2	0	0
5	15	0	0	0	5	15	2	6	0
6	18	0	0	0	6	18	3	0	0
7	21	0	0	0	7	21	3	6	0
8	24	0	0	0	8	24	4	0	0
9	27	0	0	0	9	27	4	6	0
10	30	0	0	0	10	30	5	0	0
20	60	0	0	0	20	60	10	0	0
30	90	0	0	0	30	90	15	0	0
40	120	0	0	0	40	121	0	0	0
50	150	0	0	0	50	151	5	0	0
60	180	0	0	0	60	181	10	0	0
70	210	0	0	0	70	211	15	0	0
80	240	0	0	0	80	242	0	0	0
90	270	0	0	0	90	272	5	0	0
100	300	0	0	0	100	302	10	0	0
Roods	l.	s.	d.	f. pts.	Roods	l.	s.	d.	f. pts.
3	2	5	0	0	3	2	5	4	2 0
2	1	10	0	0	2	1	10	3	0 0
1	0	15	0	0	1	0	15	1	2 0
Perchs.	l.	s.	d.	f. pts.	Perchs.	l.	s.	d.	f. pts.
30	0	11	3	0 0	30	0	11	4	0 .5
20	0	7	6	0 0	20	0	7	6	3 0
10	0	3	9	0 0	10	0	3	9	1 .5
9	0	3	4	2 0	9	0	3	4	3 .35
8	0	3	0	0 0	8	0	3	0	1 .2
7	0	2	7	2 0	7	0	2	7	3 .05
6	0	2	3	0 0	6	0	2	3	0 .9
5	0	1	10	2 0	5	0	1	10	2 .75
4	0	1	6	0 0	4	0	1	6	0 .6
3	0	1	1	2 0	3	0	1	1	2 .45
2	0	0	9	0 0	2	0	0	9	0 .3
1	0	0	4	2 0	1	0	0	4	2 .15

For Valuing ESTATES from One Shilling to Five
Pounds per Acre.

61 s. per Acre.				61 s. 6 d. per Acre.			
Acres	l.	s.	d.	f. pts.	Acres	l.	s.	d	f. pts.
1	3	1	0	0	1	3	1	6	0
2	6	2	0	0	2	6	3	0	0
3	9	3	0	0	3	9	4	6	0
4	12	4	0	0	4	12	6	0	0
5	15	5	0	0	5	15	7	6	0
6	18	6	0	0	6	18	9	0	0
7	21	7	0	0	7	21	10	6	0
8	24	8	0	0	8	24	12	0	0
9	27	9	0	0	9	27	13	6	0
10	30	10	0	0	10	30	15	0	0
20	61	0	0	0	20	61	10	0	0
30	91	10	0	0	30	92	5	0	0
40	122	0	0	0	40	123	0	0	0
50	152	10	0	0	50	153	15	0	0
60	183	0	0	0	60	184	10	0	0
70	213	10	0	0	70	215	5	0	0
80	244	0	0	0	80	246	0	0	0
90	274	10	0	0	90	276	15	0	0
100	305	0	0	0	100	307	10	0	0
Roods	l.	s.	d.	f. pts.	Roods	l.	s.	d.	f. pts.
3	2	5	9	0	3	2	6	1	2 0
2	1	10	6	0	2	1	10	9	0 0
1	0	15	3	0	1	0	15	4	2 0
Perchs.	l.	s.	d.	f. pts.	Perchs.	l.	s.	d.	f. pts.
30	0	11	5	1 0	30	0	11	6	1 .5
20	0	7	7	2 0	20	0	7	8	1 0
10	0	3	9	3 0	10	0	3	10	0 .5
9	0	3	5	0 .7	9	0	3	5	2 .05
8	0	3	0	2 .4	8	0	3	0	3 .6
7	0	2	8	0 .1	7	0	2	8	1 .15
6	0	2	3	1 .8	6	0	2	3	2 .7
5	0	1	10	3 .5	5	0	1	11	0 .25
4	0	1	6	1 .2	4	0	1	6	1 .8
3	0	1	1	2 .9	3	0	1	1	3 .35
2	0	0	9	0 .6	2	0	0	9	0 .9
1	0	0	4	2 .3	1	0	0	4	2 .45

For Valuing ESTATES from One Shilling to Five
Pounds per Acre.

62 s. per Acre.				62 s. 6 d. per Acre.			
Acres	l.	s.	d.	f. pts.	Acres	l.	s.	d.	f. pts.

Acres	l.	s.	d.	f. pts.	Acres	l.	s.	d.	f. pts.
1	3	2	0	0	1	3	2	6	0
2	6	4	0	0	2	6	5	0	0
3	9	6	0	0	3	9	7	6	0
4	12	8	0	0	4	12	10	0	0
5	15	10	0	0	5	15	12	6	0
6	18	12	0	0	6	18	15	0	0
7	21	14	0	0	7	21	17	6	0
8	24	16	0	0	8	25	0	0	0
9	27	18	0	0	9	28	2	6	0
10	31	0	0	0	10	31	5	0	0
20	62	0	0	0	20	62	10	0	0
30	93	0	0	0	30	93	15	0	0
40	124	0	0	0	40	125	0	0	0
50	155	0	0	0	50	156	5	0	0
60	186	0	0	0	60	187	10	0	0
70	217	0	0	0	70	218	15	0	0
80	248	0	0	0	80	250	0	0	0
90	279	0	0	0	90	281	5	0	0
100	310	0	0	0	100	312	10	0	0

Roods	l.	s.	d.	f. pts.	Roods	l.	s.	d.	f. pts.
3	2	6	6	0	3	2	6	10	2 0
2	1	11	0	0	2	1	11	3	0 0
1	0	15	6	0	1	0	15	7	2 0

Perchs.	l.	s.	d.	f. pts.	Perchs.	l.	s.	d.	f. pts.
30	0	11	7	2 0	30	0	11	8	2 .5
20	0	7	9	0 0	20	0	7	9	3 0
10	0	3	10	2 0	10	0	3	10	3 .5
9	0	3	5	3 .4	9	0	3	6	0 .75
8	0	3	1	0 .8	8	0	3	1	2 0
7	0	2	8	2 .2	7	0	2	8	3 .25
6	0	2	3	3 6	6	0	2	4	0 .5
5	0	1	11	1 0	5	0	1	11	1 .75
4	0	1	6	2 .4	4	0	1	6	3 0
3	0	1	1	3 .8	3	0	1	2	0 .25
2	0	0	9	1 .2	2	0	0	9	1 .5
1	0	0	4	2 .6	1	0	0	4	2 .75

For Valuing Estates from One Shilling to Five Pounds per Acre.

63 s. per Acre.					63 s. 6 d. per Acre.			
Acres	l.	s.	d.	f. pts.	Acres	l.	s.	d.	f. pts.
1	3	3	0	0	1	3	3	6	0
2	6	6	0	0	2	6	7	0	0
3	9	9	0	0	3	9	10	6	0
4	12	12	0	0	4	12	14	0	0
5	15	15	0	0	5	15	17	6	0
6	18	18	0	0	6	19	1	0	0
7	22	1	0	0	7	22	4	6	0
8	25	4	0	0	8	25	8	0	0
9	28	7	0	0	9	28	11	6	0
10	31	10	0	0	10	31	15	0	0
20	63	0	0	0	20	63	10	0	0
30	94	10	0	0	30	95	5	0	0
40	126	0	0	0	40	127	0	0	0
50	157	10	0	0	50	158	15	0	0
60	189	0	0	0	60	190	10	0	0
70	220	10	0	0	70	222	5	0	0
80	252	0	0	0	80	254	0	0	0
90	283	10	0	0	90	285	15	0	0
100	315	0	0	0	100	317	10	0	0

Roods	l.	s.	d.	f. pts.	Roods	l.	s.	d.	f. pts.
3	2	7	3	0	3	2	7	7	2 0
2	1	11	6	0	2	1	11	9	0 0
1	0	15	9	0	1	0	15	10	2 0

Perchs.	l.	s.	d.	f. pts.	Perchs.	l.	s.	d.	f. pts.
30	0	11	9	3 0	30	0	11	10	3 .5
20	0	7	10	2 0	20	0	7	11	1 0
10	0	3	11	1 0	10	0	3	11	2 .5
9	0	3	6	2 .1	9	0	3	6	3 .45
8	0	3	1	3 .2	8	0	3	2	0 .4
7	0	2	9	0 .3	7	0	2	9	1 .35
6	0	2	4	1 .4	6	0	2	4	2 .3
5	0	1	11	2 .5	5	0	1	11	3 .25
4	0	1	6	3 .6	4	0	1	7	0 .2
3	0	1	2	0 .7	3	0	1	2	1 .15
2	0	0	9	1 .8	2	0	0	9	2 .1
1	0	0	4	2 .9	1	0	0	4	3 .05

TABLES

For Valuing Estates from One Shilling to Five Pounds per Acre.

64 s. per Acre.					64 s. 6 d. per Acre.				
Acres.	l.	s.	d.	f. pts.	Acres	l.	s.	d.	f. pts.
1	3	4	0	0	1	3	4	6	0
2	6	8	0	0	2	6	9	0	0
3	9	12	0	0	3	9	13	6	0
4	12	16	0	0	4	12	18	0	0
5	16	0	0	0	5	16	2	6	0
6	19	4	0	0	6	19	7	0	0
7	22	8	0	0	7	22	11	6	0
8	25	12	0	0	8	25	16	0	0
9	28	16	0	0	9	29	0	6	0
10	32	0	0	0	10	32	5	0	0
20	64	0	0	0	20	64	10	0	0
30	96	0	0	0	30	96	15	0	0
40	128	0	0	0	40	129	0	0	0
50	160	0	0	0	50	161	5	0	0
60	192	0	0	0	60	193	10	0	0
70	224	0	0	0	70	225	15	0	0
80	256	0	0	0	80	258	0	0	0
90	288	0	0	0	90	290	5	0	0
100	320	0	0	0	100	322	10	0	0
Roods	l.	s.	d.	f. pts.	Roods	l.	s.	d.	f. pts.
3	2	8	0	0	3	2	8	4	2 0
2	1	12	0	0	2	1	12	3	0 0
1	0	16	0	0	1	0	16	1	2 0
Perchs.	l.	s.	d.	f. pts.	Perchs.	l.	s.	d.	f. pts.
30	0	12	0	0 0	30	0	12	1	0 .5
20	0	8	0	0 0	20	0	8	0	3 0
10	0	4	0	0 0	10	0	4	0	1 .5
9	0	3	7	0 .8	9	0	3	7	2 .15
8	0	3	2	1 .6	8	0	3	2	2 .8
7	0	2	9	2 .4	7	0	2	9	3 .45
6	0	2	4	3 .2	6	0	2	5	0 1
5	0	2	0	0 0	5	0	2	0	0 .75
4	0	1	7	0 .8	4	0	1	7	1 .4
3	0	1	2	1 .6	3	0	1	2	2 .05
2	0	0	9	2 .4	2	0	0	9	2 .7
1	0	0	4	3 .2	1	0	0	4	3 .35

For Valuing ESTATES from One Shilling to Five
Pounds per Acre.

65 s. per Acre.				65 s. 6 d. per Acre.			
Acres	l.	s.	d.	f. pts.	Acres	l.	s.	d.	f. pts.

Acres	l.	s.	d.	f. pts.	Acres	l.	s.	d.	f. pts.
1	3	5	0	0	1	3	5	6	0
2	6	10	0	0	2	6	11	0	0
3	9	15	0	0	3	9	16	6	0
4	13	0	0	0	4	13	2	0	0
5	16	5	0	0	5	16	7	6	0
6	19	10	0	0	6	19	13	0	0
7	22	15	0	0	7	22	18	6	0
8	26	0	0	0	8	26	4	0	0
9	29	5	0	0	9	29	9	6	0
10	32	10	0	0	10	32	15	0	0
20	65	0	0	0	20	65	10	0	0
30	97	10	0	0	30	98	5	0	0
40	130	0	0	0	40	131	0	0	0
50	162	10	0	0	50	163	15	0	0
60	195	0	0	0	60	196	10	0	0
70	227	10	0	0	70	229	5	0	0
80	260	0	0	0	80	262	0	0	0
90	292	10	0	0	90	294	15	0	0
100	325	0	0	0	100	327	10	0	0

Roods	l.	s.	d.	f. pts.	Roods	l.	s.	d.	f. pts.
3	2	8	9	0	3	2	9	1	2 0
2	1	12	6	0	2	1	12	9	0 0
1	0	16	3	0	1	0	16	4	2 0

Perchs.	l.	s.	d.	f. pts.	Perchs.	l.	s.	d.	f. pts.
30	0	12	2	1 0	30	0	12	3	1 .5
20	0	8	1	2 0	20	0	8	2	1 0
10	0	4	0	3 0	10	0	4	1	0 .5
9	0	3	7	3 .5	9	0	3	8	0 .85
8	0	3	3	0 0	8	0	3	3	1 .2
7	0	2	10	0 .5	7	0	2	10	1 .55
6	0	2	5	1 0	6	0	2	5	1 .9
5	0	2	0	1 .5	5	0	2	0	2 .25
4	0	1	7	2 0	4	0	1	7	2 .6
3	0	1	2	2 .5	3	0	1	2	2 .95
2	0	0	9	3 0	2	0	0	9	3 .3
1	0	0	4	3 .5	1	0	0	4	3 .65

For Valuing Estates from One Shilling to Five Pounds per Acre.

66 s. per Acre.

Acres	l.	s.	d.	f. pts.
1	3	6	0	0
2	6	12	0	0
3	9	18	0	0
4	13	4	0	0
5	16	10	0	0
6	19	16	0	0
7	23	2	0	0
8	26	8	0	0
9	29	14	0	0
10	33	0	0	0
20	66	0	0	0
30	99	0	0	0
40	132	0	0	0
50	165	0	0	0
60	198	0	0	0
70	231	0	0	0
80	264	0	0	0
90	297	0	0	0
100	330	0	0	0

Roods	l.	s.	d.	f. pts.
3	2	9	6	0
2	1	13	0	0
1	0	16	6	0

Perchs.	l.	s.	d.	f. pts.
30	0	12	4	2 0
20	0	8	3	0 0
10	0	4	1	2 0
9	0	3	8	2 .2
8	0	3	3	2 .4
7	0	2	10	2 .6
6	0	2	5	2 .8
5	0	2	0	3 0
4	0	1	7	3 .2
3	0	1	2	3 .4
2	0	0	9	3 .6
1	0	0	4	3 .8

66 s. 6 d. per Acre.

Acres	l.	s.	d.	f. pts.
1	3	6	6	0
2	6	13	0	0
3	9	19	6	0
4	13	6	0	0
5	16	12	6	0
6	19	19	0	0
7	23	5	6	0
8	26	12	0	0
9	29	18	6	0
10	33	5	0	0
20	66	10	0	0
30	99	15	0	0
40	133	0	0	0
50	166	5	0	0
60	199	10	0	0
70	232	15	0	0
80	266	0	0	0
90	299	5	0	0
100	332	10	0	0

Roods	l.	s.	d.	f. pts.
3	2	9	10	2 0
2	1	13	3	0 0
1	0	16	7	2 0

Perchs.	l.	s.	d.	f. pts.
30	0	12	5	2 .5
20	0	8	3	3 0
10	0	4	1	3 .5
9	0	3	8	3 .55
8	0	3	3	3 .6
7	0	2	10	3 .65
6	0	2	5	3 .7
5	0	2	0	3 .75
4	0	1	7	3 .8
3	0	1	2	3 .85
2	0	0	9	3 .9
1	0	0	4	3 .95

For Valuing Estates from One Shilling to Five Pounds per Acre.

67 s. per Acre.					67 s. 6 d. per Acre.				
Acres	l.	s.	d.	f. pts.	Acres	l.	s.	d.	f. pts.
1	3	7	0	0	1	3	7	6	0
2	6	14	0	0	2	6	15	0	0
3	10	1	0	0	3	10	2	6	0
4	13	8	0	0	4	13	10	0	0
5	16	15	0	0	5	16	17	6	0
6	20	2	0	0	6	20	5	0	0
7	23	9	0	0	7	23	12	6	0
8	26	16	0	0	8	27	0	0	0
9	30	3	0	0	9	30	7	6	0
10	33	10	0	0	10	33	15	0	0
20	67	0	0	0	20	67	10	0	0
30	100	10	0	0.	30	101	5	0	0
40	134	0	0	0	40	135	0	0	0
50	167	10	0	0	50	168	15	0	0
60	201	0	0	0	60	202	10	0	0
70	234	10	0	0	70	236	5	0	0
80	268	0	0	0	80	270	0	0	0
90	301	10	0	0	90	303	15	0	0
100	335	0	0	0	100	337	10	0	0
Roods	l.	s.	d.	f. pts.	Roods	l.	s.	d.	f. pts.
3	2	10	3	0	3	2	10	7	2 0
2	1	13	6	0	2	1	13	9	0 0
1	0	16	9	0	1	0	16	10	2 0
Perchs.	l.	s.	d.	f. pts.	Perchs.	l.	s.	d.	f. pts.
30	0	12	6	3 0	30	0	12	7	3 .5
20	0	8	4	2 0	20	0	8	5	1 0
10	0	4	2	1 0	10	0	4	2	2 .5
9	0	3	9	0 .9	9	0	3	9	2 .25
8	0	3	4	0 .8	8	0	3	4	2 0
7	0	2	11	0 .7	7	0	2	11	1 .75
6	0	2	6	0 .6	6	0	2	6	1 .5
5	0	2	1	0 .5	5	0	2	1	1 .25
4	0	1	8	0 .4	4	0	1	8	1 0
3	0	1	3	0 .3	3	0	1	3	0 .75
2	0	0	10	0 .2	2	0	0	10	0 .5
1	0	0	5	0 .1	1	0	0	5	0 .25

TABLES

For Valuing ESTATES from One Shilling to Five Pounds per Acre.

68 s. per Acre.					68 s. 6 d. per Acre.				
Acres	l.	s.	d.	f. pts.	Acres	l.	s.	d.	f. pts.
1	3	8	0	0	1	3	8	6	0
2	6	16	0	0	2	6	17	0	0
3	10	4	0	0	3	10	5	6	0
4	13	12	0	0	4	13	14	0	0
5	17	0	0	0	5	17	2	6	0
6	20	8	0	0	6	20	11	0	0
7	23	16	0	0	7	23	19	6	0
8	27	4	0	0	8	27	8	0	0
9	30	12	0	0	9	30	16	6	0
10	34	0	0	0	10	34	5	0	0
20	68	0	0	0	20	68	10	0	0
30	102	0	0	0	30	102	15	0	0
40	136	0	0	0	40	137	0	0	0
50	170	0	0	0	50	171	5	0	0
60	204	0	0	0	60	205	10	0	0
70	238	0	0	0	70	239	15	0	0
80	272	0	0	0	80	274	0	0	0
90	306	0	0	0	90	308	5	0	0
100	340	0	0	0	100	342	10	0	0
Roods	l.	s.	d.	f. pts.	Roods	l.	s.	d.	f. pts.
3	2	11	0	0	3	2	11	4	2 0
2	1	14	0	0	2	1	14	3	0 0
1	0	17	0	0	1	0	17	1	2 0
Perchs.	l.	s.	d.	f. pts.	Perchs.	l.	s.	d.	f. pts.
30	0	12	9	0 0	30	0	12	10	0 .5
20	0	8	6	0 0	20	0	8	6	3 0
10	0	4	3	0 0	10	0	4	3	1 .5
9	0	3	9	3 .6	9	0	3	10	0 .95
8	0	3	4	3 .2	8	0	3	5	0 .4
7	0	2	11	2 .8	7	0	2	11	3 .85
6	0	2	6	2 .4	6	0	2	6	3 .3
5	0	2	1	2 0	5	0	2	1	2 .75
4	0	1	8	1 .6	4	0	1	8	2 .2
3	0	1	3	3 .2	3	0	1	3	1 .65
2	0	0	10	0 .8	2	0	0	10	1 .1
1	0	0	5	0 .4	1	0	0	5	0 .55

For Valuing ESTATES from One Shilling to Five Pounds per Acre.

69 s. per Acre.				69 s 6 d. per Acre.			
Acres	l.	s.	d.	f. pts.	Acres	l.	s.	d.	f. pts.

Acres	l.	s.	d.	f. pts.
1	3	9	0	0
2	6	18	0	0
3	10	7	0	0
4	13	16	0	0
5	17	5	0	0
6	20	14	0	0
7	24	3	0	0
8	27	12	0	0
9	31	1	0	0
10	34	10	0	0
20	69	0	0	0
30	103	10	0	0
40	138	0	0	0
50	172	10	0	0
60	207	0	0	0
70	241	10	0	0
80	276	0	0	0
90	310	10	0	0
100	345	0	0	0

Acres	l.	s.	d.	f. pts.
1	3	9	6	0
2	6	19	0	0
3	10	8	6	0
4	13	18	0	0
5	17	7	6	0
6	20	17	0	0
7	24	6	6	0
8	27	16	0	0
9	31	5	6	0
10	34	15	0	0
20	69	10	0	0
30	104	5	0	0
40	139	0	0	0
50	173	15	0	0
60	208	10	0	0
70	243	5	0	0
80	278	0	0	0
90	312	15	0	0
100	347	10	0	0

Roods	l.	s.	d.	f. pts.
3	2	11	9	0
2	1	14	6	0
1	0	17	3	0

Roods	l.	s.	d.	f. pts.
3	2	12	1	2 0
2	1	14	9	0 0
1	0	17	4	2 0

Perchs.	l.	s.	d.	f. pts.
30	0	12	11	1 0
20	0	8	7	2 0
10	0	4	3	3 0
9	0	3	10	3 .3
8	0	3	5	1 .6
7	0	3	0	0 .9
6	0	2	7	0 .2
5	0	2	1	3 .5
4	0	1	8	2 .8
3	0	1	3	2 .1
2	0	0	10	1 .4
1	0	0	5	0 .7

Perchs.	l.	s.	d.	f. pts.
30	0	13	0	1 .5
20	0	8	8	1 0
10	0	4	4	0 .5
9	0	3	10	3 .65
8	0	3	5	2 .8
7	0	3	0	1 .95
6	0	2	7	1 .1
5	0	2	2	0 .25
4	0	1	8	3 .4
3	0	1	3	2 .55
2	0	0	10	1 .7
1	0	0	5	0 .85

T A B L E S

For Valuing ESTATES from One Shilling to Five
Pounds per Acre.

70 s. per Acre.					70 s. 6 d. per Acre.				
Acres	l.	s.	d.	f. pts.	Acres	l.	s.	d.	f. pts.
1	3	10	0	0	1	3	10	6	0
2	7	0	0	0	2	7	1	0	0
3	10	10	0	0	3	10	11	6	0
4	14	0	0	0	4	14	2	0	0
5	17	10	0	0	5	17	12	6	0
6	21	0	0	0	6	21	3	0	0
7	24	10	0	0	7	24	13	6	0
8	28	0	0	0	8	28	4	0	0
9	31	10	0	0	9	31	14	6	0
10	35	0	0	0	10	35	5	0	0
20	70	0	0	0	20	70	10	0	0
30	105	0	0	0	30	105	15	0	0
40	140	0	0	0	40	141	0	0	0
50	175	0	0	0	50	176	5	0	0
60	210	0	0	0	60	211	10	0	0
70	245	0	0	0	70	246	15	0	0
80	280	0	0	0	80	282	0	0	0
90	315	0	0	0	90	317	5	0	0
100	350	0	0	0	100	352	10	0	0
Roods	l.	s.	d.	f. pts.	Roods	l.	s.	d.	f. pts.
3	2	12	6	0	3	2	12	10	2 0
2	1	15	0	0	2	1	15	3	0 0
1	0	17	6	0	1	0	17	7	2 0
Perchs.	l.	s.	d.	f. pts.	Perchs.	l.	s.	d.	f. pts.
30	0	13	1	2 0	30	0	13	2	2 .5
20	0	8	9	0 0	20	0	8	9	3 0
10	0	4	4	2 0	10	0	4	4	3 .5
9	0	3	11	1 0	9	0	3	11	2 .35
8	0	3	6	0 0	8	0	3	6	1 .2
7	0	3	0	3 0	7	0	3	1	0 .05
6	0	2	7	2 0	6	0	2	7	2 .9
5	0	2	2	1 0	5	0	2	2	1 .75
4	0	1	9	0 0	4	0	1	9	0 .6
3	0	1	3	3 0	3	0	1	3	3 .45
2	0	0	10	2 0	2	0	0	10	2 .3
1	0	0	5	1 0	1	0	0	5	1 .15

For Valuing ESTATES from One Shilling to Five Pounds per Acre.

71 s. per Acre.					71 s. 6 d. per Acre.				
Acres	l.	s.	d.	f. pts.	Acres	l.	s.	d.	f. pts.
1	3	11	0	0	1	3	11	6	0
2	7	2	0	0	2	7	3	0	0
3	10	13	0	0	3	10	14	6	0
4	14	4	0	0	4	14	6	0	0
5	17	15	0	0	5	17	17	6	0
6	21	6	0	0	6	21	9	0	0
7	24	17	0	0	7	25	0	6	0
8	28	8	0	0	8	28	12	0	0
9	31	19	0	0	9	32	3	6	0
10	35	10	0	0	10	35	15	0	0
20	71	0	0	0	20	71	10	0	0
30	106	10	0	0	30	107	5	0	0
40	142	0	0	0	40	143	0	0	0
50	177	10	0	0	50	178	15	0	0
60	213	0	0	0	60	214	10	0	0
70	248	10	0	0	70	250	5	0	0
80	284	0	0	0	80	286	0	0	0
90	319	10	0	0	90	321	15	0	0
100	355	0	0	0	100	357	10	0	0
Roods	l.	s.	d.	f. pts.	Roods	l.	s.	d.	f. pts.
3	2	13	3	0	3	2	13	7	2 0
2	1	15	6	0	2	1	15	9	0 0
1	0	17	9	0	1	0	17	10	2 0
Perchs.	l.	s.	d.	f. pts.	Perchs.	l.	s.	d.	f. pts.
30	0	13	3	3 0	30	0	13	4	3 .5
20	0	8	10	2 0	20	0	8	11	1 0
10	0	4	5	1 0	10	0	4	5	2 .5
9	0	3	11	3 .7	9	0	4	0	1 .05
8	0	3	6	2 .4	8	0	3	6	3 .6
7	0	3	1	1 .1	7	0	3	1	2 .15
6	0	2	7	3 .8	6	0	2	8	0 .7
5	0	2	2	2 .5	5	0	2	2	3 .25
4	0	1	9	1 .2	4	0	1	9	1 .8
3	0	1	3	3 .9	3	0	1	4	0 .35
2	0	0	10	2 .6	2	0	0	10	2 .9
1	0	0	5	1 .3	1	0	0	5	1 .45

TABLES

For Valuing ESTATES from One Shilling to Five Pounds per Acre.

Acres	72 s. per Acre. l.	s.	d.	f. pts.	Acres	72 s. 6 d. per Acre. l.	s.	d.	f pts
1	3	12	0	0	1	3	12	6	0
2	7	4	0	0	2	7	5	0	0
3	10	16	0	0	3	10	17	6	0
4	14	8	0	0	4	14	10	0	0
5	18	0	0	0	5	18	2	6	0
6	21	12	0	0	6	21	15	0	0
7	25	4	0	0	7	25	7	6	0
8	28	16	0	0	8	29	0	0	0
9	32	8	0	0	9	32	12	6	0
10	36	0	0	0	10	36	5	0	0
20	72	0	0	0	20	72	10	0	0
30	108	0	0	0	30	108	15	0	0
40	144	0	0	0	40	145	0	0	0
50	180	0	0	0	50	181	5	0	0
60	216	0	0	0	60	217	10	0	0
70	252	0	0	0	70	253	15	0	0
80	288	0	0	0	80	290	0	0	0
90	324	0	0	0	90	326	5	0	0
100	360	0	0	0	100	362	10	0	0

Roods	l.	s.	d.	f. pts.	Roods	l.	s.	d.	f. pts.
3	2	14	0	0	3	2	14	4	2 0
2	1	16	0	0	2	1	16	3	0 0
1	0	18	0	0	1	0	18	1	2 0

Perchs.	l.	s.	d.	f. pts.	Perchs.	l.	s.	d.	f. pts.
30	0	13	6	0 0	30	0	13	7	0 .5
20	0	9	0	0 0	20	0	9	0	3 0
10	0	4	6	0 0	10	0	4	6	1 .5
9	0	4	0	2 .4	9	0	4	0	3 .75
8	0	3	7	0 .8	8	0	3	7	2 0
7	0	3	1	3 .2	7	0	3	2	0 .25
6	0	2	8	1 .6	6	0	2	8	2 .5
5	0	2	3	0 0	5	0	2	3	0 .75
4	0	1	9	2 .4	4	0	1	9	3 0
3	0	1	4	0 .8	3	0	1	4	1 .25
2	0	0	10	3 .2	2	0	0	10	3 .5
1	0	0	5	1 .6	1	0	0	5	1 .75

For Valuing Estates from One Shilling to Five Pounds per Acre.

73 s. per Acre.				73 s. 6 d. per Acre.			
Acres	l.	s.	d.	f. pts.			

Acres	l.	s.	d.	f. pts.	Acres	l.	s.	d.	f. pts.
1	3	13	0	0	1	3	13	6	0
2	7	6	0	0	2	7	7	0	0
3	10	19	0	0	3	11	0	6	0
4	16	12	0	0	4	14	14	0	0
5	18	5	0	0	5	18	7	6	0
6	21	18	0	0	6	22	1	0	0
7	25	11	0	0	7	25	14	6	0
8	29	4	0	0	8	29	8	0	0
9	32	17	0	0	9	33	1	6	0
10	36	10	0	0	10	36	15	0	0
20	73	0	0	0	20	73	10	0	0
30	109	10	0	0	30	110	5	0	0
40	146	0	0	0	40	147	0	0	0
50	182	10	0	0	50	183	15	0	0
60	219	0	0	0	60	220	10	0	0
70	255	10	0	0	70	257	5	0	0
80	292	0	0	0	80	294	0	0	0
90	328	10	0	0	90	330	15	0	0
100	365	0	0	0	100	367	10	0	0

Roods	l.	s.	d.	f. pts.	Roods	l.	s.	d.	f. pts.
3	2	14	9	0	3	2	15	1	2 0
2	1	16	6	0	2	1	16	9	0 0
1	0	18	3	0	1	0	18	4	2 0

Perchs.	l.	s.	d.	f. pts.	Perchs.	l.	s.	d.	f. pts.
30	0	13	8	1 0	30	0	13	9	1 .5
20	0	9	1	2 0	20	0	9	2	1 0
10	0	4	6	3 0	10	0	4	7	0 .5
9	0	4	1	1 .1	9	0	4	1	2 .45
8	0	3	7	3 .2	8	0	3	8	0 .4
7	0	3	2	1 .3	7	0	3	2	2 .35
6	0	2	8	3 .4	6	0	2	9	0 .3
5	0	2	3	1 .5	5	0	2	3	2 .25
4	0	1	9	3 .6	4	0	1	10	0 .2
3	0	1	4	1 .7	3	0	1	4	2 .15
2	0	0	10	3 .8	2	0	0	11	0 .1
1	0	0	5	1 .9	1	0	0	5	2 .05

K

For Valuing Estates from One Shilling to Five Pounds per Acre.

74 s. per Acre.				74 s. 6 d. per Acre.			
Acres	l.	s.	d. | f. pts.	Acres	l.	s.	d. | f. pts.
1	3	14	0 | 0	1	3	14	6 | 0
2	7	8	0 | 0	2	7	9	0 | 0
3	11	2	0 | 0	3	11	3	6 | 0
4	14	16	0 | 0	4	14	18	0 | 0
5	18	10	0 | 0	5	18	12	6 | 0
6	22	4	0 | 0	6	22	7	0 | 0
7	25	18	0 | 0	7	26	1	6 | 0
8	29	12	0 | 0	8	29	16	0 | 0
9	33	6	0 | 0	9	33	10	6 | 0
10	37	0	0 | 0	10	37	5	0 | 0
20	74	0	0 | 0	20	74	10	0 | 0
30	111	0	0 | 0	30	111	15	0 | 0
40	148	0	0 | 0	40	149	0	0 | 0
50	185	0	0 | 0	50	186	5	0 | 0
60	222	0	0 | 0	60	223	10	0 | 0
70	259	0	0 | 0	70	260	15	0 | 0
80	296	0	0 | 0	80	298	0	0 | 0
90	333	0	0 | 0	90	335	5	0 | 0
100	370	0	0 | 0	100	372	10	0 | 0
Roods	l.	s.	d. | f. pts.	Roods	l.	s.	d. | f. pts.
3	2	15	6 | 0	3	2	15	10 | 2 0
2	1	17	0 | 0	2	1	17	3 | 0 0
1	0	18	6 | 0	1	0	18	7 | 2 0
Perchs.	l.	s.	d. | f. pts.	Perchs.	l.	s.	d. | f. pts.
30	0	13	10 | 2 0	30	0	13	11 | 2 .5
20	0	9	3 | 0 0	20	0	9	3 | 3 0
10	0	4	7 | 2 0	10	0	4	7 | 3 .5
9	0	4	1 | 3 .8	9	0	4	2 | 1 .15
8	0	3	8 | 1 .6	8	0	3	8 | 2 .8
7	0	3	2 | 3 .4	7	0	3	3 | 0 .45
6	0	2	9 | 1 .2	6	0	2	9 | 2 .1
5	0	2	3 | 3 0	5	0	2	3 | 3 .75
4	0	1	10 | 0 .8	4	0	1	10 | 1 .4
3	0	1	4 | 2 .6	3	0	1	4 | 3 .05
2	0	0	11 | 0 .4	2	0	0	11 | 0 .7
1	0	0	5 | 2 .2	1	0	0	5 | 2 .35

For Valuing ESTATES from One Shilling to Five
Pounds per Acre.

Acres	l.	s.	d.	f. pts.	Acres	l.	s.	d.	f. pts.
75 s. per Acre.					**75 s. 6 d. per Acre.**				
1	3	15	0	0	1	3	15	6	0
2	7	10	0	0	2	7	11	0	0
3	11	5	0	0	3	11	6	6	0
4	15	0	0	0	4	15	2	0	0
5	18	15	0	0	5	18	17	6	0
6	22	10	0	0	6	22	13	0	0
7	26	5	0	0	7	26	8	6	0
8	30	0	0	0	8	30	4	0	0
9	33	15	0	0	9	33	19	6	0
10	37	10	0	0	10	37	15	0	0
20	75	0	0	0	20	75	10	0	0
30	112	10	0	0	30	113	5	0	0
40	150	0	0	0	40	151	0	0	0
50	187	10	0	0	50	188	15	0	0
60	225	0	0	0	60	226	10	0	0
70	262	10	0	0	70	264	5	0	0
80	300	0	0	0	80	302	0	0	0
90	337	10	0	0	90	339	15	0	0
100	375	0	0	0	100	377	10	0	0
Roods	l.	s.	d.	f. pts.	**Roods**	l.	s.	d.	f. pts.
3	2	16	3	0	3	2	16	7	2 0
2	1	17	6	0	2	1	17	9	0 0
1	0	18	9	0	1	0	18	10	2 0
Perchs.	l.	s.	d.	f. pts.	**Perchs.**	l.	s.	d.	f. pts.
30	0	14	0	3 0	30	0	14	1	3 .5
20	0	9	4	2 0	20	0	9	5	1 0
10	0	4	8	1 0	10	0	4	8	2 .5
9	0	4	2	2 .5	9	0	4	2	3 .85
8	0	3	9	0 0	8	0	3	9	1 .2
7	0	3	3	1 .5	7	0	3	3	2 .55
6	0	2	9	3 0	6	0	2	9	3 .9
5	0	2	4	0 .5	5	0	2	4	1 .25
4	0	1	10	2 0	4	0	1	10	2 .6
3	0	1	4	3 .5	3	0	1	4	3 .95
2	0	0	11	1 0	2	0	0	11	1 .3
1	0	0	5	2 .5	1	0	0	5	2 .65

T A B L E S

For Valuing ESTATES from One Shilling to Five Pounds per Acre.

Acres	76 s. per Acre.				Acres	76 s. 6 d per Acre.			
	l.	*s.*	*d.*	*f. pts.*		*l.*	*s.*	*d.*	*f. pts.*
1	3	16	0	0	1	3	16	6	0
2	7	12	0	0	2	7	13	0	0
3	11	8	0	0	3	11	9	6	0
4	15	4	0	0	4	15	6	0	0
5	19	0	0	0	5	19	2	6	0
6	22	16	0	0	6	22	19	0	0
7	26	12	0	0	7	26	15	6	0
8	30	8	0	0	8	30	12	0	0
9	34	4	0	0	9	34	8	.6	0
10	38	0	0	0	10	38	5	0	0
20	76	0	0	0	20	76	10	0	0
30	114	0	0	0	30	114	15	0	0
40	152	0	0	0	40	153	0	0	0
50	190	0	0	0	50	191	5	0	0
60	228	0	0	0	60	229	10	0	0
70	266	0	0	0	70	267	15	0	0
80	304	0	0	0	80	306	0	0	0
90	342	0	0	0	90	344	5	0	0
100	380	0	0	0	100	382	10	0	0
Roods	*l.*	*s.*	*d.*	*f. pts.*	Roods	*l.*	*s.*	*d.*	*f. pts.*
3	2	17	0	0	3	2	17	4	2 0
2	1	18	0	0	2	1	18	3	0 0
1	0	19	0	0	1	0	19	1	2 0
Perchs.	*l.*	*s.*	*d.*	*f. pts.*	Perchs.	*l.*	*s.*	*d.*	*f. pts.*
30	0	14	3	0 0	30	0	14	4	0 .5
20	0	9	6	0 0	20	0	9	6	3 0
10	0	4	9	0 0	10	0	4	9	1 .5
9	0	4	3	1 .2	9	0	4	3	2 .55
8	0	3	9	2 .4	8	0	3	9	3 .6
7	0	3	3	3 .6	7	0	3	4	0 .65
6	0	2	10	0 .8	6	0	2	10	1 .7
5	0	2	4	2 0	5	0	2	4	2 .75
4	0	1	10	3 .2	4	0	1	10	3 .8
3	0	1	5	0 .4	3	0	1	5	0 .85
2	0	0	11	1 .6	2	0	0	11	1 .9
1	0	0	5	2 .8	1	0	0	5	2 .95

For Valuing Estates from One Shilling to Five Pounds per Acre.

77 s. per Acre.					77 s. 6 d. per Acre.				
Acres	l.	s.	d.	f. pts.	Acres	l.	s.	d.	f. pts.
1	3	17	0	0	1	3	17	6	0
2	7	14	0	0	2	7	15	0	0
3	11	11	0	0	3	11	12	6	0
4	15	8	0	0	4	15	10	0	0
5	19	5	0	0	5	19	7	6	0
6	23	2	0	0	6	23	5	0	0
7	26	19	0	0	7	27	2	6	0
8	30	16	0	0	8	31	0	0	0
9	34	13	0	0	9	34	17	6	0
10	38	10	0	0	10	38	15	0	0
20	77	0	0	0	20	77	10	0	0
30	115	10	0	0	30	116	5	0	0
40	154	0	0	0	40	155	0	0	0
50	192	10	0	0	50	193	15	0	0
60	231	0	0	0	60	232	10	0	0
70	269	10	0	0	70	271	5	0	0
80	308	0	0	0	80	310	0	0	0
90	346	10	0	0	90	348	15	0	0
100	385	0	0	0	100	387	10	0	0
Roods	l.	s.	d.	f. pts.	Roods	l.	s.	d.	f. pts.
3	2	17	9	0	3	2	18	1	2 0
2	1	18	6	0	2	1	18	9	0 0
1	0	19	3	0	1	0	19	4	2 0
Perchs.	l.	s.	d.	f. pts.	Perchs.	l.	s.	d.	f. pts.
30	0	14	5	1 0	30	0	14	6	1 .5
20	0	9	7	2 0	20	0	9	8	1 0
10	0	4	9	3 0	10	0	4	10	0 .5
9	0	4	3	3 .9	9	0	4	4	1 .25
8	0	3	10	0 .8	8	0	3	10	2 0
7	0	3	4	1 .7	7	0	3	4	2 .75
6	0	2	10	2 .6	6	0	2	10	3 .5
5	0	2	4	3 .5	5	0	2	5	0 .25
4	0	1	11	0 .4	4	0	1	11	1 0
3	0	1	5	1 .3	3	0	1	5	1 .75
2	0	0	11	2 .2	2	0	0	11	2 .5
1	0	0	5	3 .1	1	0	0	5	3 .25

T A B L E S

For Valuing Estates from One Shilling to Five Pounds per Acre.

Acres	78 s. per Acre. l.	s.	d.	f. pts.	Acres	78 s. 6 d. per Acre. l.	s.	d.	f. pts.
1	3	18	0	0	1	3	18	6	0
2	7	16	0	0	2	7	17	0	0
3	11	14	0	0	3	11	15	6	0
4	15	12	0	0	4	15	14	0	0
5	19	10	0	0	5	19	12	6	0
6	23	8	0	0	6	23	11	0	0
7	27	6	0	0	7	27	9	6	0
8	31	4	0	0	8	31	8	0	0
9	35	2	0	0	9	35	6	6	0
10	39	0	0	0	10	39	5	0	0
20	78	0	0	0	20	78	10	0	0
30	117	0	0	0	30	117	15	0	0
40	156	0	0	0	40	157	0	0	0
50	195	0	0	0	50	196	5	0	0
60	234	0	0	0	60	235	10	0	0
70	273	0	0	0	70	274	15	0	0
80	312	0	0	0	80	314	0	0	0
90	351	0	0	0	90	353	5	0	0
100	390	0	0	0	100	392	10	0	0
Roods	l.	s.	d.	f. pts.	**Roods**	l.	s.	d.	f. pts.
3	2	18	6	0	3	2	18	10	2 0
2	1	19	0	0	2	1	19	3	0 0
1	0	19	6	0	1	0	19	7	2 0
Perchs.	l.	s.	d.	f. pts.	**Perchs.**	l	s.	d.	f. pts.
30	0	14	7	2 0	30	0	14	8	2 .5
20	0	9	9	0 0	20	0	9	9	3 0
10	0	4	10	2 0	10	0	4	10	3 .5
9	0	4	4	2 .6	9	0	4	4	3 .95
8	0	3	10	3 .2	8	0	3	11	0 .4
7	0	3	4	3 .8	7	0	3	5	0 .85
6	0	2	11	0 .4	6	0	2	11	1 .3
5	0	2	5	1 0	5	0	2	5	1 .75
4	0	1	11	1 .6	4	0	1	11	2 .2
3	0	1	5	2 .2	3	0	1	5	2 .65
2	0	0	11	2 .8	2	0	0	11	3 .1
1	0	0	5	3 .4	1	0	0	5	3 .55

For Valuing ESTATES from One Shilling to Five Pounds per Acre.

79 s. per Acre.				79 s. 6 d. per Acre.				
Acres	l.	s.	d.	f. pts.	Acres	l.	s.	d.	f. pts.
1	3	19	0	0	1	3	19	6	0
2	7	18	0	0	2	7	19	0	0
3	11	17	0	0	3	11	18	6	0
4	15	16	0	0	4	15	18	0	0
5	19	15	0	0	5	19	17	6	0
6	23	14	0	0	6	23	17	0	0
7	27	13	0	0	7	27	16	6	0
8	31	12	0	0	8	31	16	0	0
9	35	11	0	0	9	35	15	6	0
10	39	10	0	0	10	39	15	0	0
20	79	0	0	0	20	79	10	0	0
30	118	10	0	0	30	119	5	0	0
40	158	0	0	0	40	159	0	0	0
50	197	10	0	0	50	198	15	0	0
60	237	0	0	0	60	238	10	0	0
70	276	10	0	0	70	278	5	0	0
80	316	0	0	0	80	318	0	0	0
90	355	10	0	0	90	357	15	0	0
100	395	0	0	0	100	397	10	0	0
Roods	l.	s.	d.	f. pts.	Roods	l.	s.	d.	f pts.
3	2	19	3	0	3	2	19	7	2 0
2	1	19	6	0	2	1	19	9	0 0
1	0	19	9	0	1	0	19	10	2 0
Perch.	l.	s.	d.	f pts.	Perchs.	l.	s.	d.	f pts.
30	0	14	9	3 0	30	0	14	10	3 ·5
20	0	9	10	2 0	20	0	9	11	1 0
10	0	4	11	1 0	10	0	4	11	2 ·5
9	0	4	5	1 ·3	9	0	4	5	2 .65
8	0	3	11	1 .6	8	0	3	11	2 ·8
7	0	3	5	1 ·9	7	0	3	5	2 ·95
6	0	2	11	2 .2	6	0	2	11	3 ·1
5	0	2	5	2 ·5	5	0	2	5	3 ·25
4	0	1	11	2 .8	4	0	1	11	3 ·4
3	0	1	5	3 ·1	3	0	1	5	3 ·55
2	0	0	11	3 ·4	2	0	0	11	3 ·7
1	0	0	5	3 ·7	1	0	0	5	3 ·85

For Valuing Estates from One Shilling to Five
Pounds per Acre.

80 s. per Acre.				80 s. 6 d. per Acre.				
Acres	l.	s.	d.	f. pts.	Acres	l.	s.	d.	f. pts.
1	4	0	0	0	1	4	0	6	0
2	8	0	0	0	2	8	1	0	0
3	12	0	0	0	3	12	1	6	0
4	16	0	0	0	4	16	2	0	0
5	20	0	0	0	5	20	2	6	0
6	24	0	0	0	6	24	3	0	0
7	28	0	0	0	7	28	3	6	0
8	32	0	0	0	8	32	4	0	0
9	36	0	0	0	9	36	4	6	0
10	40	0	0	0	10	40	5	0	0
20	80	0	0	0	20	80	10	0	0
30	120	0	0	0	30	120	15	0	0
40	160	0	0	0	40	161	0	0	0
50	200	0	0	0	50	201	5	0	0
60	240	0	0	0	60	241	10	0	0
70	280	0	0	0	70	281	15	0	0
80	320	0	0	0	80	322	0	0	0
90	360	0	0	0	90	362	5	0	0
100	400	0	0	0	100	402	10	0	0
Roods	l.	s.	d.	f. pts.	Roods	l.	s.	d.	f. pts.
3	3	0	0	0	3	3	0	4	2 0
2	2	0	0	0	2	2	0	3	0 0
1	1	0	0	0	1	1	0	1	2 0
Perchs.	l.	s.	d.	f. pts.	Perchs.	l.	s.	d.	f. pts.
30	0	15	0	0 0	30	0	15	1	0 .5
20	0	10	0	0 0	20	0	10	0	3 0
10	0	5	0	0 0	10	0	5	0	1 .5
9	0	4	6	0 0	9	0	4	6	1 .35
8	0	4	0	0 0	8	0	4	0	1 .2
7	0	3	6	0 0	7	0	3	6	1 .05
6	0	3	0	0 0	6	0	3	0	0 .9
5	0	2	6	0 0	5	0	2	6	0 .75
4	0	2	0	0 0	4	0	2	0	0 .6
3	0	1	6	0 0	3	0	1	6	0 .45
2	0	1	0	0 0	2	0	1	0	0 .3
1	0	0	6	0 0	1	0	0	6	0 .15

For Valuing ESTATES from One Shilling to Five
Pounds per Acre.

81 s. per Acre.					81 s. 6 d. per Acre.				
Acres	l.	s.	d.	f. pts.	Acres	l.	s.	d.	f. pts.
1	4	1	0	0	1	4	1	6	0
2	8	2	0	0	2	8	3	0	0
3	12	3	0	0	3	12	4	6	0
4	16	4	0	0	4	16	6	0	0
5	20	5	0	0	5	20	7	6	0
6	24	6	0	0	6	24	9	0	0
7	28	7	0	0	7	28	10	6	0
8	32	8	0	0	8	32	12	0	0
9	36	9	0	0	9	36	13	6	0
10	40	10	0	0	10	40	15	0	0
20	81	0	0	0	20	81	10	0	0
30	121	10	0	0	30	122	5	0	0
40	162	0	0	0	40	163	0	0	0
50	202	10	0	0	50	203	15	0	0
60	243	0	0	0	60	244	10	0	0
70	283	10	0	0	70	285	5	0	0
80	324	0	0	0	80	326	0	0	0
90	364	10	0	0	90	366	15	0	0
100	405	0	0	0	100	407	10	0	0
Roods	l.	s.	d.	f. pts.	Roods	l.	s.	d.	f. pts.
3	3	0	9	0	3	3	1	1	2 0
2	2	0	6	0	2	2	0	9	0 0
1	1	0	3	0	1	1	0	4	2 0
Perchs.	l.	s.	d.	f. pts.	Perchs.	l.	s.	d.	f. pts.
30	0	15	2	1 0	30	0	15	3	1 .5
20	0	10	1	2 0	20	0	10	2	1 0
10	0	5	0	3 0	10	0	5	1	0 .5
9	0	4	6	2 .7	9	0	4	7	0 .05
8	0	4	0	2 .4	8	0	4	0	3 .6
7	0	3	6	2 .1	7	0	3	6	3 .15
6	0	3	0	1 .8	6	0	3	0	2 .7
5	0	2	6	1 .5	5	0	2	6	2 .25
4	0	2	0	1 .2	4	0	2	0	1 .8
3	0	1	6	0 .9	3	0	1	6	1 .35
2	0	1	0	0 .6	2	0	1	0	0 .9
1	0	0	6	0 .3	1	0	0	6	0 .35

L

TABLES

For Valuing Estates from One Shilling to Five Pounds per Acre.

82 s. per Acre.

Acres	l.	s.	d.	f. pts.
1	4	2	0	0
2	8	4	0	0
3	12	6	0	0
4	16	8	0	0
5	20	10	0	0
6	24	12	0	0 .
7	28	14	0	0
8	32	16	0	0
9	36	18	0	0
10	41	0	0	0
20	82	0	0	0
30	123	0	0	0
40	164	0	0	0
50	205	0	0	0
60	246	0	0	0
70	287	0	0	0
80	328	0	0	0
90	369	0	0	0
100	410	0	0	0

Roods	l.	s.	d.	f. pts.
3	3	1	6	0
2	2	1	0	0
1	1	0	6	0

Perchs.	l.	s.	d.	f. pts.
30	0	15	4	2 0
20	0	10	3	0 0
10	0	5	1	2 0
9	0	4	7	1 .4
8	0	4	1	0 .8
7	0	3	7	0 .2
6	0	3	0	3 .6
5	0	2	6	3 0
4	0	2	0	2 .4
3	0	1	6	1 :8
2	0	1	0	1 .2
1	0	0	6	0 .6

82 s. 6 d. per Acre.

Acres	l.	s.	d.	f. pts.
1	4	2	6	0
2	8	5	0	0
3	12	7	6	0
4	16	10	0	0
5	20	12	6	0
6	24	15	0	0
7	28	17	6	0
8	33	0	0	0
9	37	2	6	0
10	41	5	0	0
20	82	10	0	0
30	123	15	0	0
40	165	0	0	0
50	206	5	0	0
60	247	10	0	0
70	288	15	0	0
80	330	0	0	0
90	371	5	0	0
100	412	10	0	0

Roods	l.	s.	d.	f. pts.
3	3	1	10	2 0
2	2	1	3	0 0
1	1	0	7	2 0

Perchs.	l.	s.	d.	f. pts.
30	0	15	5	2 .5
20	0	10	3	3 0
10	0	5	1	3 .5
9	0	4	7	2 .75
8	0	4	1	2 0
7	0	3	7	1 .25
6	0	3	1	0 .5
5	0	2	6	3 .75
4	0	2	0	3 0
3	0	1	6	2 .25
2	0	1	0	1 .5
1	0	0	6	0 .75

For Valuing ESTATES from One Shilling to Five Pounds per Acre.

	83 s. per Acre.					83 s. 6 d. per Acre.			
Acres	l.	s.	d.	f. pts.	Acres	l.	s.	d.	f. pts.
1	4	3	0	0	1	4	3	6	0
2	8	6	0	0	2	8	7	0	0
3	12	9	0	0	3	12	10	6	0
4	16	12	0	0	4	16	14	0	0
5	20	15	0	0	5	20	17	6	0
6	24	18	0	0	6	25	1	0	0
7	29	1	0	0	7	29	4	6	0
8	33	4	0	0	8	33	8	0	0
9	37	7	0	0	9	37	11	6	0
10	41	10	0	0	10	41	15	0	0
20	83	0	0	0	20	83	10	0	0
30	124	10	0	0	30	125	5	0	0
40	166	0	0	0	40	167	0	0	0
50	207	10	0	0	50	208	15	0	0
60	249	0	0	0	60	250	10	0	0
70	290	10	0	0	70	292	5	0	0
80	332	0	0	0	80	334	0	0	0
90	373	10	0	0	90	375	15	0	0
100	415	0	0	0	100	417	10	0	0
Roods	l.	s.	d.	f. pts.	Roods	l.	s.	d.	f. pts.
3	3	2	3	0	3	3	2	7	2 0
2	2	1	6	0	2	2	1	9	0 0
1	1	0	9	0	1	1	0	10	2 0
Perchs.	l.	s.	d.	f. pts.	Perchs.	l.	s.	d.	f. pts.
30	0	15	6	3 0	30	0	15	7	3 .5
20	0	10	4	2 0	20	0	10	5	1 0
10	0	5	2	1 0	10	0	5	2	2 .5
9	0	4	8	0 .1	9	0	4	8	1 .45
8	0	4	1	3 .2	8	0	4	2	0 .4
7	0	3	7	2 .3	7	0	3	7	3 .35
6	0	3	1	1 .4	6	0	3	1	2 .3
5	0	2	7	0 .5	5	0	2	7	1 .25
4	0	2	0	3 .6	4	0	2	1	0 .2
3	0	1	6	2 .7	3	0	1	6	3 .15
2	0	1	0	1 .8	2	0	1	0	2 .1
1	0	0	6	0 .9	1	0	0	6	1 .05

For Valuing Estates from One Shilling to Five Pounds per Acre.

84 s. per Acre.					84 s. 6 d. per Acre.				
Acres	l.	s.	d.	f. pts.	Acres	l.	s.	d.	f. pts.
1	4	4	0	0	1	4	4	6	0
2	8	8	0	0	2	8	9	0	0
3	12	12	0	0	3	12	13	6	0
4	16	16	0	0	4	16	18	0	0
5	21	0	0	0	5	21	2	6	0
6	25	4	0	0	6	25	7	0	0
7	29	8	0	0	7	29	11	6	0
8	33	12	0	0	8	33	16	0	0
9	37	16	0	0	9	38	0	6	0
10	42	0	0	0	10	42	5	0	0
20	84	0	0	0	20	84	10	0	0
30	126	0	0	0	30	126	15	0	0
40	168	0	0	0	40	169	0	0	0
50	210	0	0	0	50	211	5	0	0
60	252	0	0	0	60	253	10	0	0
70	294	0	0	0	70	295	15	0	0
80	336	0	0	0	80	338	0	0	0
90	378	0	0	0	90	380	5	0	0
100	420	0	0	0	100	422	10	0	0
Roods	l.	s.	d.	f. pts.	Roods	l.	s.	d.	f. pts.
3	3	3	0	0	3	3	3	4	2 0
2	2	2	0	0	2	2	2	3	0 0
1	1	1	0	0	1	1	1	1	2 0
Perchs.	l.	s.	d.	f. pts.	Perchs.	l.	s.	d.	f. pts.
30	0	15	9	0 0	30	0	15	10	0 .5
20	0	10	6	0 0	20	0	10	6	3 0
10	0	5	3	0 0	10	0	5	3	1 .5
9	0	4	8	2 .8	9	0	4	9	0 .15
8	0	4	2	1 .6	8	0	4	2	2 .8
7	0	3	8	0 .4	7	0	3	8	1 .45
6	0	3	1	3 .2	6	0	3	2	0 .1
5	0	2	7	2 0	5	0	2	7	2 .75
4	0	2	1	0 .8	4	0	2	1	1 .4
3	0	1	6	3 .6	3	0	1	7	0 .05
2	0	1	0	2 .4	2	0	1	0	2 .7
1	0	0	6	1 .2	1	0	0	6	1 .35

For Valuing Estates from One Shilling to Five Pounds per Acre.

85 s. per Acre.				85 s. 6 d. per Acre.			
Acres	l.	s.	d.	f. pts.			
1	4	5	0	0			
2	8	10	0	0			
3	12	15	0	0			
4	17	0	0	0			
5	21	5	0	0			
6	25	10	0	0			
7	29	15	0	0			
8	34	0	0	0			
9	38	5	0	0			
10	42	10	0	0			
20	85	0	0	0			
30	127	10	0	0			
40	170	0	0	0			
50	212	10	0	0			
60	255	0	0	0			
70	297	10	0	0			
80	340	0	0	0			
90	382	10	0	0			
100	425	0	0	0			

Acres	l.	s.	d.	f. pts.
1	4	5	6	0
2	8	11	0	0
3	12	16	6	0
4	17	2	0	0
5	21	7	6	0
6	25	13	0	0
7	29	18	6	0
8	34	4	0	0
9	38	9	6	0
10	42	15	0	0
20	85	10	0	0
30	128	5	0	0
40	171	0	0	0
50	213	15	0	0
60	256	10	0	0
70	299	5	0	0
80	342	0	0	0
90	384	15	0	0
100	427	10	0	0

Roods	l.	s.	d.	f. pts.
3	3	3	9	0
2	2	2	6	0
1	1	1	3	0

Roods	l.	s.	d.	f. pts.
3	3	4	1	2 0
2	2	2	9	0 0
1	1	1	4	2 0

Perchs.	l.	s.	d.	f. pts.
30	0	15	11	1 0
20	0	10	7	2 0
10	0	5	3	3 0
9	0	4	9	1 .5
8	0	4	3	0 0
7	0	3	8	2 .5
6	0	3	2	1 0
5	0	2	7	3 .5
4	0	2	1	2 0
3	0	1	7	0 .5
2	0	1	0	3 0
1	0	0	6	1 .5

Perchs.	l.	s.	d.	f. pts.
30	0	16	0	1 .5
20	0	10	8	1 0
10	0	5	4	0 .5
9	0	4	9	2 .85
8	0	4	3	1 .2
7	0	3	8	3 .55
6	0	3	2	1 .9
5	0	2	8	0 .25
4	0	2	1	2 .6
3	0	1	7	0 .95
2	0	1	0	3 .3
1	0	0	6	1 .65

T A B L E S

For Valuing Estates from One Shilling to Five Pounds per Acre.

86 s. per Acre.					86 s. 6 d. per Acre.				
Acres	l.	s.	d.	f. pts.	Acres	l.	s.	d.	f. pts.
1	4	6	0	0	1	4	6	6	0
2	8	12	0	0	2	8	13	0	0
3	12	18	0	0	3	12	19	6	0
4	17	4	0	0	4	17	6	0	0
5	21	10	0	0	5	21	12	6	0
6	25	16	0	0	6	25	19	0	0
7	30	2	0	0	7	30	5	6	0
8	34	8	0	0	8	34	12	0	0
9	38	14	0	0	9	38	18	6	0
10	43	0	0	0	10	43	5	0	0
20	86	0	0	0	20	86	10	0	0
30	129	0	0	0	30	129	15	0	0
40	172	0	0	0	40	173	0	0	0
50	215	0	0	0	50	216	5	0	0
60	258	0	0	0	60	259	10	0	0
70	301	0	0	0	70	302	15	0	0
80	344	0	0	0	80	346	0	0	0
90	387	0	0	0	90	389	5	0	0
100	430	0	0	0	100	432	10	0	0

Roods	l.	s.	d.	f. pts.	Roods	l.	s.	d.	f. pts.
3	3	4	6	0	3	3	4	10	2 0
2	2	3	0	0	2	2	3	3	0 0
1	1	1	6	0	1	1	1	7	2 0

Perchs.	l.	s.	d.	f. pts.	Perchs.	l.	s.	d.	f. pts.
30	0	16	1	2 0	30	0	16	2	2 .5
20	0	10	9	0 0	20	0	10	9	3 0
10	0	5	4	2 0	10	0	5	4	3 .5
9	0	4	10	0 .2	9	0	4	10	1 .55
8	0	4	3	2 .4	8	0	4	3	3 .6
7	0	3	9	0 .6	7	0	3	9	1 .65
6	0	3	2	2 .8	6	0	3	2	3 .7
5	0	2	8	1 0	5	0	2	8	1 .75
4	0	2	1	3 .2	4	0	2	1	3 .8
3	0	1	7	1 .4	3	0	1	7	1 .85
2	0	1	0	3 .6	2	0	1	0	3 .9
1	0	0	6	1 .8	1	0	0	6	1 .95

For Valuing Estates from One Shilling to Five Pounds per Acre.

87 s. per Acre.					87 s. 6 d. per Acre.				
Acres	l.	s.	d.	f. pts.	Acres	l.	s.	d.	f. pts.
1	4	7	0	0	1	4	7	6	0
2	8	14	0	0	2	8	15	0	0
3	13	1	0	0	3	13	2	6	0
4	17	8	0	0	4	17	10	0	0
5	21	15	0	0	5	21	17	6	0
6	26	2	0	0	6	26	5	0	0
7	30	9	0	0	7	30	12	6	0
8	34	16	0	0	8	35	0	0	0
9	39	3	0	0	9	39	7	6	0
10	43	10	0	0	10	43	15	0	0
20	87	0	0	0	20	87	10	0	0
30	130	10	0	0	30	131	5	0	0
40	174	0	0	0	40	175	0	0	0
50	217	10	0	0	50	218	15	0	0
60	261	0	0	0	60	262	10	0	0
70	304	10	0	0	70	306	5	0	0
80	348	0	0	0	80	350	0	0	0
90	391	10	0	0	90	393	15	0	0
100	435	0	0	0	100	437	10	0	0
Roods	l.	s.	d.	f. pts.	Roods	l.	s.	d.	f. pts.
3	3	5	3	0	3	3	5	7	2 0
2	2	3	6	0	2	2	3	9	0 0
1	1	1	9	0	1	1	1	10	2 0
Perchs.	l.	s.	d.	f. pts.	Perchs.	l.	s.	d.	f. pts.
30	0	16	3	3 0	30	0	16	4	3 .5
20	0	10	10	2 0	20	0	10	11	1 0
10	0	5	5	1 0	10	0	5	5	2 .5
9	0	4	10	2 .9	9	0	4	11	0 .25
8	0	4	4	0 .8	8	0	4	4	2 0
7	0	3	9	2 .7	7	0	3	9	3 .75
6	0	3	3	0 .6	6	0	3	3	1 .5
5	0	2	8	2 .5	5	0	2	8	3 .25
4	0	2	2	0 .4	4	0	2	2	1 0
3	0	1	7	2 .3	3	0	1	7	2 .75
2	0	1	1	0 .2	2	0	1	1	0 .5
1	0	0	6	2 .1	1	0	0	6	2 .25

TABLES

For Valuing Estates from One Shilling to Five Pounds per Acre.

88 s. per Acre.					88 s. 6 d. per Acre.				
Acres	l.	s.	d.	f. pts.	Acres	l.	s.	d.	f. pts.
1	4	8	0	0	1	4	8	6	0
2	8	16	0	0	2	8	17	0	0
3	13	4	0	0	3	13	5	6	0
4	17	12	0	0	4	17	14	0	0
5	22	0	0	0	5	22	2	6	0
6	26	8	0	0	6	26	11	0	0
7	30	16	0	0	7	30	19	6	0
8	35	4	0	0	8	35	8	0	0
9	39	12	0	0	9	39	16	6	0
10	44	0	0	0	10	44	5	0	0
20	88	0	0	0	20	88	10	0	0
30	132	0	0	0	30	132	15	0	0
40	176	0	0	0	40	177	0	0	0
50	220	0	0	0	50	221	5	0	0
60	264	0	0	0	60	265	10	0	0
70	308	0	0	0	70	309	15	0	0
80	352	0	0	0	80	354	0	0	0
90	396	0	0	0	90	398	5	0	0
100	440	0	0	0	100	442	10	0	0
Roods	l.	s.	d.	f. pts.	Roods	l.	s.	d.	f. pts.
3	3	6	0	0	3	3	6	4	2 0
2	2	4	0	0	2	2	4	3	0 0
1	1	2	0	0	1	1	2	1	2 0
Perchs.	l.	s.	d.	f. pts.	Perchs.	l.	s.	d.	f. pts.
30	0	16	6	0 0	30	0	16	7	0 .5
20	0	11	0	0 0	20	0	11	0	3 0
10	0	5	6	0 0	10	0	5	6	1 .5
9	0	4	11	1 .6	9	0	4	11	2 .95
8	0	4	4	3 .2	8	0	4	5	0 .4
7	0	3	10	0 .8	7	0	3	10	1 .85
6	0	3	3	2 .4	6	0	3	3	3 .3
5	0	2	9	0 0	5	0	2	9	0 .75
4	0	2	2	1 .6	4	0	2	2	2 .2
3	0	1	7	3 .2	3	0	1	7	3 .65
2	0	1	1	0 .8	2	0	1	1	1 .1
1	0	0	6	2 .4	1	0	0	6	2 .55

For Valuing ESTATES from One Shilling to Five
Pounds per Acre.

89 s. per Acre.				89 s. 6 d. per Acre.			
Acres	l.	s.	d.	f. pts.	Acres	l.	s.	d.	f. pts.
1	4	9	0	0	1	4	9	6	0
2	8	18	0	0	2	8	19	0	0
3	13	7	0	0	3	13	8	6	0
4	17	16	0	0	4	17	18	0	0
5	22	5	0	0	5	22	7	6	0
6	26	14	0	0	6	26	17	0	0
7	31	3	0	0	7	31	6	6	0
8	35	12	0	0	8	35	16	0	0
9	40	1	0	0	9	40	5	6	0
10	44	10	0	0	10	44	15	0	0
20	89	0	0	0	20	89	10	0	0
30	133	10	0	0	30	134	5	0	0
40	178	0	0	0	40	179	0	0	0
50	222	10	0	0	50	223	15	0	0
60	267	0	0	0	60	268	10	0	0
70	311	10	0	0	70	313	5	0	0
80	356	0	0	0	80	358	0	0	0
90	400	10	0	0	90	402	15	0	0
100	445	0	0	0	100	447	10	0	0
Roods	l.	s.	d.	f. pts.	Roods	l.	s.	d.	f. pts.
3	3	6	9	0	3	3	7	1	2 0
2	2	4	6	0	2	2	4	9	0 0
1	1	2	3	0	1	1	2	4	2 0
Perchs.	l.	s.	d.	f. pts.	Perchs.	l.	s.	d.	f. pts.
30	0	16	8	1 0	30	0	16	9	1 .5
20	0	11	1	2 0	20	0	11	2	1 0
10	0	5	6	3 0	10	0	5	7	0 .5
9	0	5	0	0 .3	9	0	5	0	1 .65
8	0	4	5	1 .5	8	0	4	5	2 .8
7	0	3	10	2 .9	7	0	3	10	3 .95
6	0	3	4	0 .2	6	0	3	4	1 .1
5	0	2	9	1 .5	5	0	2	9	2 .25
4	0	2	2	2 .8	4	0	2	2	3 .4
3	0	1	8	0 .1	3	0	1	8	0 .55
2	0	1	1	1 .4	2	0	1	1	1 .7
1	0	0	6	2 .7	1	0	0	6	2 .85

For Valuing ESTATES from One Shilling to Five Pounds per Acre.

90 s. per Acre.					90 s. 6 d. per Acre.				
Acres	l.	s.	d.	f. pts.	Acres	l.	s.	d.	f. pts.
1	4	10	0	0	1	4	10	6	0
2	9	0	0	0	2	9	1	0	0
3	13	10	0	0	3	13	11	6	0
4	18	0	0	0	4	18	2	0	0
5	22	10	0	0	5	22	12	6	0
6	27	0	0	0	6	27	3	0	0
7	31	10	0	0	7	31	13	6	0
8	36	0	0	0	8	36	4	0	0
9	40	10	0	0	9	40	14	6	0
10	45	0	0	0	10	45	5	0	0
20	90	0	0	0	20	90	10	0	0
30	135	0	0	0	30	135	15	0	0
40	180	0	0	0	40	181	0	0	0
50	225	0	0	0	50	226	5	0	0
60	270	0	0	0	60	271	10	0	0
70	315	0	0	0	70	316	15	0	0
80	360	0	0	0	80	362	0	0	0
90	405	0	0	0	90	407	5	0	0
100	450	0	0	0	100	452	10	0	0
Roods	l.	s.	d.	f. pts.	Roods	l.	s.	d.	f. pts.
3	3	7	6	0	3	3	7	10	2 0
2	2	5	0	0	2	2	5	3	0 0
1	1	2	6	0	1	1	2	7	2 0
Perchs.	l.	s.	d.	f. pts.	Perchs.	l.	s.	d.	f. pts.
30	0	16	10	2 0	30	0	16	11	2 .5
20	0	11	3	0 0	20	0	11	3	3 0
10	0	5	7	2 0	10	0	5	7	3 .5
9	0	5	0	3 0	9	0	5	1	0 .35
8	0	4	6	0 0	8	0	4	6	1 .2
7	0	3	11	1 0	7	0	3	11	2 .05
6	0	3	4	2 0	6	0	3	4	2 .9
5	0	2	9	3 0	5	0	2	9	3 .75
4	0	2	3	0 0	4	0	2	3	0 .6
3	0	1	8	1 0	3	0	1	8	1 .45
2	0	1	1	2 0	2	0	1	1	2 .3
1	0	0	6	3 0	1	0	0	6	3 .15

For Valuing Estates from One Shilling to Five Pounds per Acre.

91 s. per Acre.				91 s. 6 d. per Acre.			
Acres	l.	s.	d.	f. pts.			
1	4	11	0	0			
2	9	2	0	0			
3	13	13	0	0			
4	18	4	0	0			
5	22	15	0	0			
6	27	6	0	0			
7	31	17	0	0			
8	36	8	0	0			
9	40	19	0	0			
10	45	10	0	0			
20	91	0	0	0			
30	136	10	0	0			
40	182	0	0	0			
50	227	10	0	0			
60	273	0	0	0			
70	318	10	0	0			
80	364	0	0	0			
90	409	10	0	0			
100	455	0	0	0			

Acres	l.	s.	d.	f. pts.
1	4	11	6	0
2	9	3	0	0
3	13	14	6	0
4	18	6	0	0
5	22	17	6	0
6	27	9	0	0
7	32	0	6	0
8	36	12	0	0
9	41	3	6	0
10	45	15	0	0
20	91	10	0	0
30	137	5	0	0
40	183	0	0	0
50	228	15	0	0
60	274	10	0	0
70	320	5	0	0
80	366	0	0	0
90	411	15	0	0
100	457	10	0	0

Roods	l.	s.	d.	f. pts.
3	3	8	3	0
2	2	5	6	0
1	1	2	9	0

Roods	l.	s.	d.	f. pts.
3	3	8	7	2 0
2	2	5	9	0 0
1	1	2	10	2 0

Perchs.	l.	s.	d.	f. pts.
30	0	17	0	3 0
20	0	11	4	2 0
10	0	5	8	1 0
9	0	5	1	1 .7
8	0	4	6	2 .4
7	0	3	11	3 .1
6	0	3	4	3 .8
5	0	2	10	0 .5
4	0	2	3	1 .2
3	0	1	8	1 .9
2	0	1	1	2 .6
1	0	0	6	3 .3

Perchs.	l.	s.	d.	f. pts.
30	0	17	1	3 .5
20	0	11	5	1 .0
10	0	5	8	2 .5
9	0	5	1	3 .05
8	0	4	6	3 .6
7	0	4	0	0 .15
6	0	3	5	0 .7
5	0	2	10	1 .25
4	0	2	3	1 .8
3	0	1	8	2 .35
2	0	1	1	2 .9
1	0	0	6	3 .45

TABLES

For Valuing ESTATES from One Shilling to Five Pounds per Acre.

92 s. per Acre.					92 s. 6 d. per Acre.				
Acres	l.	s.	d.	f. pts.	Acres	l.	s.	d.	f. pts.
1	4	12	0	0	1	4	12	6	0
2	9	4	0	0	2	9	5	0	0
3	13	16	0	0	3	13	17	6	0
4	18	8	0	0	4	18	10	0	0
5	23	0	0	0	5	23	2	6	0
6	27	12	0	0	6	27	15	0	0
7	32	4	0	0	7	32	7	6	0
8	36	16	0	0	8	37	0	0	0
9	41	8	0	0	9	41	12	6	0
10	46	0	0	0	10	46	5	0	0
20	92	0	0	0	20	92	10	0	0
30	138	0	0	0	30	138	15	0	0
40	184	0	0	0	40	185	0	0	0
50	230	0	0	0	50	231	5	0	0
60	276	0	0	0	60	277	10	0	0
70	322	0	0	0	70	323	15	0	0
80	368	0	0	0	80	370	0	0	0
90	414	0	0	0	90	416	5	0	0
100	460	0	0	0	100	462	10	0	0
Roods	l.	s.	d.	f. pts.	Roods	l.	s.	d.	f. pts.
3	3	9	0	0	3	3	9	4	2 0
2	2	6	0	0	2	2	6	3	0 0
1	1	3	0	0	1	1	3	1	2 0
Perchs.	l.	s.	d.	f. pts.	Perchs.	l.	s.	d.	f. pts.
30	0	17	3	0 0	30	0	17	4	0 .5
20	0	11	6	0 0	20	0	11	6	3 0
10	0	5	9	0 0	10	0	5	9	1 .5
9	0	5	2	0 .4	9	0	5	2	1 .75
8	0	4	7	0 .8	8	0	4	7	2 0
7	0	4	0	1 .2	7	0	4	0	2 .25
6	0	3	5	1 .6	6	0	3	5	2 .5
5	0	2	10	2 0	5	0	2	10	2 .75
4	0	2	3	2 .4	4	0	2	3	3 0
3	0	1	8	2 .8	3	0	1	8	3 .25
2	0	1	1	3 .2	2	0	1	1	3 .5
1	0	0	6	3 .6	1	0	0	6	3 .75

For Valuing Estates from One Shilling to Five Pounds per Acre.

93 s. per Acre.					93 s. 6 d. per Acre.			
Acres	l.	s.	d.	f. pts.	Acres	l.	s.	d.	f. pts.
1	4	13	0	0	1	4	13	6	0
2	9	6	0	0	2	9	7	0	0
3	13	19	0	0	3	14	0	6	0
4	18	12	0	0	4	18	14	0	0
5	23	5	0	0	5	23	7	6	0
6	27	18	0	0	6	28	1	0	0
7	32	11	0	0	7	32	14	6	0
8	37	4	0	0	8	37	8	0	0
9	41	17	0	0	9	42	1	6	0
10	46	10	0	0	10	46	15	0	0
20	93	0	0	0	20	93	10	0	0
30	139	10	0	0	30	140	5	0	0
40	186	0	0	0	40	187	0	0	0
50	232	10	0	0	50	233	15	0	0
60	279	0	0	0	60	280	10	0	0
70	325	10	0	0	70	327	5	0	0
80	372	0	0	0	80	374	0	0	0
90	418	10	0	0	90	420	15	0	0
100	465	0	0	0	100	467	10	0	0
Roods	l.	s.	d.	f. pts.	Roods	l.	s.	d.	f. pts.
3	3	9	9	0	3	3	10	1	2 0
2	2	6	6	0	2	2	6	9	0 0
1	1	3	3	0	1	1	3	4	2 0
Perchs.	l.	s.	d.	f. pts.	Perchs.	l.	s.	d.	f. pts.
30	0	17	5	1 0	30	0	17	6	1 .5
20	0	11	7	2 0	20	0	11	8	1 0
10	0	5	9	3 0	10	0	5	10	0 .5
9	0	5	2	3 .1	9	0	5	3	0 .45
8	0	4	7	3 .2	8	0	4	8	0 .4
7	0	4	0	3 .3	7	0	4	1	0 .35
6	0	3	5	3 .4	6	0	3	6	0 .3
5	0	2	10	3 .5	5	0	2	11	0 .25
4	0	2	3	3 .6	4	0	2	4	0 .2
3	0	1	8	3 .7	3	0	1	9	0 .15
2	0	1	1	3 .8	2	0	1	2	0 .1
1	0	0	6	3 .9	1	0	0	7	0 .05

For Valuing ESTATES from One Shilling to Five Pounds per Acre.

94 s. per Acre.

Acres	l.	s.	d.	f. pts.
1	4	14	0	0
2	9	8	0	0
3	14	2	0	0
4	18	16	0	0
5	23	10	0	0
6	28	4	0	0
7	32	18	0	0
8	37	12	0	0
9	42	6	0	0
10	47	0	0	0
20	94	0	0	0
30	141	0	0	0
40	188	0	0	0
50	235	0	0	0
60	282	0	0	0
70	329	0	0	0
80	376	0	0	0
90	423	0	0	0
100	470	0	0	0

Roods	l.	s.	d.	f. pts.
3	3	10	6	0
2	2	7	0	0
1	1	3	6	0

Perchs.	l.	s.	d.	f. pt.
30	0	17	7	2 0
20	0	11	9	0 0
10	0	5	10	2 0
9	0	5	3	1 .8
8	0	4	8	1 .6
7	0	4	1	1 .4
6	0	3	6	1 .2
5	0	2	11	1 0
4	0	2	4	0 .8
3	0	1	9	0 .6
2	0	1	2	0 .4
1	0	0	7	0 .2

94 s. 6 d. per Acre.

Acres	l.	s.	d.	f. pts.
1	4	14	6	0
2	9	9	0	0
3	14	3	6	0
4	18	18	0	0
5	23	12	6	0
6	28	7	0	0
7	33	1	6	0
8	37	16	0	0
9	42	10	6	0
10	47	5	0	0
20	94	10	0	0
30	141	15	0	0
40	189	0	0	0
50	236	5	0	0
60	283	10	0	0
70	330	15	0	0
80	378	0	0	0
90	425	5	0	0
100	472	10	0	0

Roods	l.	s.	d.	f. pts.
3	3	10	10	2 0
2	2	7	3	0 0
1	1	3	7	2 0

Perchs.	l.	s.	d.	f. pts.
30	0	17	8	2 .5
20	0	11	9	3 0
10	0	5	10	3 .5
9	0	5	3	3 .15
8	0	4	8	2 .8
7	0	4	1	2 .45
6	0	3	6	2 .1
5	0	2	11	1 .75
4	0	2	4	1 .4
3	0	1	9	1 .05
2	0	1	2	0 .7
1	0	0	7	0 .35

For Valuing ESTATES from One Shilling to Five Pounds per Acre.

95 s. per Acre.				95 s. 6 d. per Acre.			
Acres	l.	s.	d.	f. pts.			
1	4	15	0	0			
2	9	10	0	0			
3	14	5	0	0			
4	19	0	0	0			
5	23	15	0	0			
6	28	10	0	0			
7	33	5	0	0			
8	38	0	0	0			
9	42	15	0	0			
10	47	10	0	0			
20	95	0	0	0			
30	142	10	0	0			
40	190	0	0	0			
50	237	10	0	0			
60	285	0	0	0			
70	332	10	0	0			
80	380	0	0	0			
90	427	10	0	0			
100	475	0	0	0			

95 s. per Acre.

Acres	l.	s.	d.	f. pts.
1	4	15	0	0
2	9	10	0	0
3	14	5	0	0
4	19	0	0	0
5	23	15	0	0
6	28	10	0	0
7	33	5	0	0
8	38	0	0	0
9	42	15	0	0
10	47	10	0	0
20	95	0	0	0
30	142	10	0	0
40	190	0	0	0
50	237	10	0	0
60	285	0	0	0
70	332	10	0	0
80	380	0	0	0
90	427	10	0	0
100	475	0	0	0

Roods	l.	s.	d.	f. pts.
3	3	11	3	0
2	2	7	6	0
1	1	3	9	0

Perchs.	l.	s.	d.	f. pts.
30	0	17	9	3 0
20	0	11	10	2 0
10	0	5	11	1 0
9	0	5	4	0 .5
8	0	4	9	0 0
7	0	4	1	3 .5
6	0	3	6	3 0
5	0	2	11	2 .5
4	0	2	4	2 0
3	0	1	9	1 .5
2	0	1	2	1 0
1	0	0	7	0 .5

95 s. 6 d. per Acre.

Acres	l.	s.	d.	f. pts.
1	4	15	6	0
2	9	11	0	0
3	14	6	6	0
4	19	2	0	0
5	23	17	6	0
6	28	13	0	0
7	33	8	6	0
8	38	4	0	0
9	42	19	6	0
10	47	15	0	0
20	95	10	0	0
30	143	5	0	0
40	191	0	0	0
50	238	15	0	0
60	286	10	0	0
70	334	5	0	0
80	382	0	0	0
90	429	15	0	0
100	477	10	0	0

Roods	l.	s.	d.	f. pts.
3	3	11	7	2 0
2	2	7	9	0 0
1	1	3	10	2 0

Perchs.	l.	s.	d.	f. pts.
30	0	17	10	3 .5
20	0	11	11	1 0
10	0	5	11	2 .5
9	0	5	4	1 .85
8	0	4	9	1 .2
7	0	4	2	0 .55
6	0	3	6	3 .9
5	0	2	11	3 .25
4	0	2	4	2 .6
3	0	1	9	1 .95
2	0	1	2	1 .3
1	0	0	7	0 .65

For Valuing Estates from One Shilling to Five Pounds per Acre.

96 s. per Acre.

Acres	l.	s.	d.	f. pts.
1	4	16	0	0
2	9	12	0	0
3	14	8	0	0
4	19	4	0	0
5	24	0	0	0
6	28	16	0	0
7	33	12	0	0
8	38	8	0	0
9	43	4	0	0
10	48	0	0	0
20	96	0	0	0
30	144	0	0	0
40	192	0	0	0
50	240	0	0	0
60	288	0	0	0
70	336	0	0	0
80	384	0	0	0
90	432	0	0	0
100	480	0	0	0

Roods	l.	s.	d.	f. pts.
3	3	12	0	0
2	2	8	0	0
1	1	4	0	0

Perchs.	l.	s.	d.	f. pts.
30	0	18	0	0 0
20	0	12	0	0 0
10	0	6	0	0 0
9	0	5	4	3 .2
8	0	4	9	2 .4
7	0	4	2	1 .6
6	0	3	7	0 .8
5	0	3	0	0 0
4	0	2	4	3 .2
3	0	1	9	2 .4
2	0	1	2	1 .6
1	0	0	7	0 .8

96 s. 6 d. per Acre.

Acres	l.	s.	d.	f. pts.
1	4	16	6	0
2	9	13	0	0
3	14	9	6	0
4	19	6	0	0
5	24	2	6	0
6	28	19	0	0
7	33	15	6	0
8	38	12	0	0
9	43	8	6	0
10	48	5	0	0
20	96	10	0	0
30	144	15	0	0
40	193	0	0	0
50	241	5	0	0
60	289	10	0	0
70	337	15	0	0
80	386	0	0	0
90	434	5	0	0
100	482	10	0	0

Roods	l.	s.	d.	f. pts.
3	3	12	4	2 0
2	2	8	3	0 0
1	1	4	1	2 0

Perchs.	l.	s.	d.	f. pts.
30	0	18	1	0 .5
20	0	12	0	3 0
10	0	6	0	1 .5
9	0	5	5	0 .55
8	0	4	9	3 .6
7	0	4	2	2 .65
6	0	3	7	1 .7
5	0	3	0	0 .75
4	0	2	4	3 .8
3	0	1	9	2 .85
2	0	1	2	1 .9
1	0	0	7	0 .95

For Valuing ESTATES from One Shilling to Five Pounds per Acre.

97 s. per Acre.					97 s. 6 d. per Acre.				
Acres	l.	s.	d.	f. pts.	Acres	l.	s.	d.	f. pts.
1	4	17	0	0	1	4	17	6	0
2	9	14	0	0	2	9	15	0	0
3	14	11	0	0	3	14	12	6	0
4	19	8	0	0	4	19	10	0	0
5	24	5	0	0	5	24	7	6	0
6	29	2	0	0	6	29	5	0	0
7	33	19	0	0	7	34	2	6	0
8	38	16	0	0	8	39	0	0	0
9	43	13	0	0	9	43	17	6	0
10	48	10	0	0	10	48	15	0	0
20	97	0	0	0	20	97	10	0	0
30	145	10	0	0	30	146	5	0	0
40	194	0	0	0	40	195	0	0	0
50	242	10	0	0	50	243	15	0	0
60	291	0	0	0	60	292	10	0	0
70	339	10	0	0	70	341	5	0	0
80	388	0	0	0	80	390	0	0	0
90	436	10	0	0	90	438	15	0	0
100	485	0	0	0	100	487	10	0	0
Roods	l.	s.	d.	f. pts.	Roods	l.	s.	d.	f. pts.
3	3	12	9	0	3	3	13	1	2 0
2	2	8	6	0	2	2	8	9	0 0
1	1	4	3	0	1	1	4	4	2 0
Perchs.	l.	s.	d.	f. pts.	Perchs.	l.	s.	d.	f. pts.
30	0	18	2	1 0	30	0	18	3	1 .5
20	0	12	1	2 0	20	0	12	2	1 0
10	0	6	0	3 0	10	0	6	1	0 .5
9	0	5	5	1 .9	9	0	5	5	3 .25
8	0	4	10	0 .8	8	0	4	10	2 .0
7	0	4	2	3 .7	7	0	4	3	0 .75
6	0	3	7	2 .6	6	0	3	7	3 .5
5	0	3	0	1 .5	5	0	3	0	2 .25
4	0	2	5	0 .4	4	0	2	5	1 .0
3	0	1	9	3 .3	3	0	1	9	3 .75
2	0	1	2	2 .2	2	0	1	2	2 .5
1	0	0	7	1 .1	1	0	0	7	1 .25

For Valuing Estates from One Shilling to Five Pounds per Acre.

98 s. per Acre.					98 s. 6 d. per Acre.				
Acres	l.	s.	d.	f. pts.	Acres	l.	s.	d.	f. pts.
1	4	18	0	0	1	4	18	6	0
2	9	16	0	0	2	9	17	0	0
3	14	14	0	0	3	14	15	6	0
4	19	12	0	0	4	19	14	0	0
5	24	10	0	0	5	24	12	6	0
6	29	8	0	0	6	29	11	0	0
7	34	6	0	0	7	34	9	6	0
8	39	4	0	0	8	39	8	0	0
9	44	2	0	0	9	44	6	6	0
10	49	0	0	0	10	49	5	0	0
20	98	0	0	0	20	98	10	0	0
30	147	0	0	0	30	147	15	0	0
40	196	0	0	0	40	197	0	0	0
50	245	0	0	0	50	246	5	0	0
60	294	0	0	0	60	295	10	0	0
70	343	0	0	0	70	344	15	0	0
80	392	0	0	0	80	394	0	0	0
90	441	0	0	0	90	443	5	0	0
100	490	0	0	0	100	492	10	0	0
Roods	l.	s.	d.	f. pts.	Roods	l.	s.	d.	f. pts.
3	3	13	6	0	3	3	13	10	2 0
2	2	9	0	0	2	2	9	3	0 0
1	1	4	6	0	1	1	4	7	2 0
Perchs.	l.	s.	d.	f. pts.	Perchs.	l.	s.	d.	f. pts.
30	0	18	4	2 0	30	0	18	5	2 .5
20	0	12	3	0 0	20	0	12	3	3 0
10	0	6	1	2 0	10	0	6	1	3 .5
9	0	5	6	0 .6	9	0	5	6	1 .95
8	0	4	10	3 .2	8	0	4	11	0 .4
7	0	4	3	1 .8	7	0	4	3	2 .85
6	0	3	8	0 .4	6	0	3	8	1 .3
5	0	3	0	3 0	5	0	3	0	3 .75
4	0	2	5	1 .6	4	0	2	5	2 .2
3	0	1	10	0 .2	3	0	1	10	0 .65
2	0	1	2	2 .8	2	0	1	2	3 .1
1	0	0	7	1 .4	1	0	0	7	1 .55

For Valuing ESTATES from One Shilling to Five
Pounds per Acre.

Acres	99 s. per Acre.				Acres	99 s. 6 d. per Acre.			
	l.	s.	d.	f. pts.		l.	s.	d.	f. pts.
1	4	19	0	0	1	4	19	6	0
2	9	18	0	0	2	9	19	0	0
3	14	17	0	0	3	14	18	6	0
4	19	16	0	0	4	19	18	0	0
5	24	15	0	0	5	24	17	6	0
6	29	14	0	0	6	29	17	0	0
7	34	13	0	0	7	34	16	6	0
8	39	12	0	0	8	39	16	0	0
9	44	11	0	0	9	44	15	6	0
10	49	10	0	0	10	49	15	0	0
20	99	0	0	0	20	99	10	0	0
30	148	10	0	0	30	149	5	0	0
40	198	0	0	0	40	199	0	0	0
50	247	10	0	0	50	248	15	0	0
60	297	0	0	0	60	298	10	0	0
70	346	10	0	0	70	348	5	0	0
80	396	0	0	0	80	398	0	0	0
90	445	10	0	0	90	447	15	0	0
100	495	0	0	0	100	497	10	0	0

Roods	l.	s.	d.	f. pts.	Roods	l.	s.	d.	f. pts.
3	3	14	3	0	3	3	14	7	2 0
2	2	9	6	0	2	2	9	9	0 0
1	1	4	9	0	1	1	4	10	2 0

Perchs.	l.	s.	d.	f. pts.	Perchs.	l.	s.	d.	f. pts.
30	0	18	6	3 0	30	0	18	7	3 .5
20	0	12	4	2 0	20	0	12	5	1 0
10	0	6	2	1 0	10	0	6	2	2 .5
9	0	5	6	3 .3	9	0	5	7	0 .65
8	0	4	11	1 .6	8	0	4	11	2 .8
7	0	4	3	3 .9	7	0	4	4	0 .95
6	0	3	8	2 .2	6	0	3	8	3 .1
5	0	3	1	0 .5	5	0	3	1	1 .25
4	0	2	5	2 .8	4	0	2	5	3 .4
3	0	1	10	1 .1	3	0	1	10	1 .55
2	0	1	2	3 .4	2	0	1	2	3 .7
1	0	0	7	1 .7	1	0	0	7	1 .85

For Valuing EstaTes from One Shilling to Five Pounds per Acre.

100s. or 5l. per Acre.			
Acres	l.	s.	d.	f. pts.
1	5	0	0	0
2	10	0	0	0
3	15	0	0	0
4	20	0	0	0
5	25	0	0	0
6	30	0	0	0
7	35	0	0	0
8	40	0	0	0
9	45	0	0	0
10	50	0	0	0
20	100	0	0	0
30	150	0	0	0
40	200	0	0	0
50	250	0	0	0
60	300	0	0	0
70	350	0	0	0
80	400	0	0	0
90	450	0	0	0
100	500	0	0	0

Roods	l.	s.	d.	f. pts.
3	3	15	0	0
2	2	10	0	0
1	1	5	0	0

Perchs.	l.	s.	d.	f.	pts.
30	0	18	9	0	0
20	0	12	6	0	0
10	0	6	3	0	0
9	0	5	7	2	0
8	0	5	0	0	0
7	0	4	4	2	0
6	0	3	9	0	0
5	0	3	1	2	0
4	0	2	6	0	0
3	0	1	10	2	0
2	0	1	3	0	0
1	0	0	7	2	0

English Money exchanged into Irish at Par, One Pound English, being One Pound, One Shilling, and Eight Pence, Irish.

English.	Irish.			English.	Irish.		
l.	*l.*	*s.*	*d.*	*s.*	*s.*	*d.*	*f. pts.*
900	975	0	0	16	17	4	0
800	866	13	4	15	16	3	0
700	758	6	8	14	15	2	0
600	650	0	0	13	14	1	0
500	541	13	4	12	13	0	0
400	433	6	8	11	11	11	0
300	325	0	0	10	10	10	0
200	216	13	4	9	9	9	0
100	108	6	8	8	8	8	0
90	97	10	0	7	7	7	0
80	86	13	4	6	6	6	0
70	75	16	8	5	5	5	0
60	65	0	0	4	4	4	0
50	54	3	4	3	3	3	0
40	43	6	8	2	2	2	0
30	32	10	0	1	1	1	0
20	21	13	4	*d.*	*s.*	*d.*	*f. pts.* 12.
10	10	16	8	11	0	11	3 8
9	9	15	0	10	0	10	3 4
8	8	13	4	9	0	9	3 0
7	7	11	8	8	0	8	2 8
6	6	10	0	7	0	7	2 4
5	5	8	4	6	0	6	2 0
4	4	6	8	5	0	5	1 8
3	3	5	0	4	0	4	1 4
2	2	3	4	3	0	3	1 0
1	1	1	8	2	0	2	0 8
s.	*l.*	*s.*	*d.*	1	0	1	0 4
19	1	0	7	*qrs.* 3	0	0	3 3
18	0	19	6	2	0	0	2 2
17	0	18	5	1	0	0	1 1

Irish Money exchanged into English at Par, One Pound, One Shilling, and Eight Pence, Irish, being One Pound, English.

Irish.	English.				Irish.	English		
l.	l.	s.	d.	f. pts. 13.	s.	s.	d.	f. pts. 13.
900	830	15	4	2 6	16	14	9	0 12
800	738	9	2	3 1	15	13	10	0 8
700	646	3	0	3 9	14	12	11	0 4
600	553	16	11	0 4	13	12	0	0 0
500	461	10	9	0 12	12	11	0	3 9
400	369	4	7	1 7	11	10	1	3 5
300	276	18	5	2 2	10	9	2	3 1
200	184	12	3	2 10	9	8	3	2 10
100	92	6	1	3 5	8	7	4	2 6
90	83	1	6	1 11	7	6	5	2 2
80	73	16	11	0 4	6	5	6	1 11
70	64	12	3	2 10	5	4	7	1 7
60	55	7	8	1 3	4	3	8	1 3
50	46	3	0	3 9	3	2	9	0 12
40	36	18	5	2 2	2	1	10	0 8
30	27	13	10	0 8	1	0	11	0 4
20	18	9	2	3 1				
10	9	4	7	1 7	d.	s.	d.	f. pts. 13
9	8	6	1	3 5	11	0	10	0 8
8	7	7	8	1 3	10	0	9	0 12
7	6	9	2	3 1	9	0	8	1 3
6	5	10	9	0 12	8	0	7	1 7
5	4	12	3	2 10	7	0	6	1 11
4	3	13	10	0 8	6	0	5	2 2
3	2	15	4	2 6	5	0	4	2 6
2	1	16	11	0 4	4	0	3	2 10
1	0	18	5	2 2	3	0	2	3 1
					2	0	1	3 5
s.	l.	s.	d.	f. pts	1	0	0	3 9
19	0	17	6	1 11	q. 3	0	0	2 10
18	0	16	7	1 7	2	0	0	1 11
17	0	15	8	1 3	1	0	0	0 12

Irish Plantation Measure turned into English Statute Measure.

Irish. Acres	English. A.	R.	P.	Pts. 121.	Irish. Pcs.	English. R.	P.	Pts. 121.
900	1457	3	16	24	5	0	8	12
800	1295	3	18	102	6	0	9	87
700	1133	3	21	59	7	0	11	41
600	971	3	24	16	8	0	12	116
500	809	3	26	94	9	0	14	70
400	647	3	29	51	10	0	16	24
300	485	3	32	8	11	0	17	99
200	323	3	34	86	12	0	19	53
100	161	3	37	43	13	0	21	7
90	145	3	5	75	14	0	22	82
80	129	2	13	107	15	0	24	36
70	113	1	22	18	16	0	25	111
60	97	0	30	50	17	0	27	65
50	80	3	38	82	18	0	29	19
40	64	3	6	114	19	0	30	94
30	48	2	15	25	20	0	32	48
20	32	1	23	57	21	0	34	2
10	16	0	31	89	22	0	35	77
9	14	2	12	68	23	0	37	31
8	12	3	33	47	24	0	38	106
7½	11	1	14	26	25	1	0	60
6	9	2	35	5	26	1	2	14
5	8	0	15	105	27	1	3	89
4	6	1	36	84	28	1	5	43
3	4	3	17	63	29	1	6	118
2	3	0	38	42	30	1	8	72
1	1	2	19	21	31	1	10	26

Roods	A.	R.	P.	Pts.				
1	0	1	24	96	32	1	11	101
2	0	3	9	71	33	1	13	55
3	1	0	34	46	34	1	15	9

Perchs.	A.	R.	P.	Pts.				
1	0	0	1	75	35	1	16	84
2	0	0	3	29	36	1	18	38
3	0	0	4	104	37	1	19	113
4	0	0	6	58	38	1	21	67
					39	1	23	21

English Statute Measure turned into Irish Plantation Measure.

English. Acres	Irish. A.	R.	P.	Pts. 196.	English. Pes.	Irish. P.	Pts. 196.
900	555	2	17	188	5	3	17
800	493	3	20	80	6	3	138
700	432	0	22	168	7	4	63'
600	370	1	25	60	8	4	184
500	308	2	27	148	9	5	109
400	246	3	30	40	10	6	34
300	185	0	32	128	11	6	155
200	123	1	35	20	12	7	80
100	61	2	37	108	13	8	5
90	55	2	9	156	14	8	126
80	49	1	22	8	15	9	51
70	43	0	34	56	16	9	172
60	37	0	6	104	17	10	97
50	30	3	18	152	18	11	22
40	24	2	31	4	19	11	143
30	18	2	3	52	20	12	68
20	12	1	15	100	21	12	189
10	6	0	27	148	22	13	114
9	5	2	8	192	23	14	39
8	4	3	30	40	24	14	160
7	4	1	11	84	25	15	85
6	3	2	32	128	26	16	10
5	3	0	13	172	27	16	131
4	2	1	35	20	28	17	56
3	1	3	16	64	29	17	177
2	1	0	37	108	30	18	102
1	0	2	18	152	31	19	27
Roods	A.	R.	P.	Pts.	32	19	148
1	0	0	24	136	33	20	73
2	0	1	9	76	34	20	194
3	0	1	34	16	35	21	119
Perches	A.	R.	P.	Pts.	36	22	44
1	0	0	0	121	37	22	165
2	0	0	1	46	38	23	90
3	0	0	1	167	39	24	15
4	0	0	2	92			

Irish Plantation Measure reduced into Cunningham.

Irish. Acres	Cunningham. A.	R.	P.	Pts. 625.
900	1128	3	33	375
800	1003	2	3	125
700	878	0	12	500
600	752	2	22	250
500	627	0	32	0
400	501	3	1	375
300	376	1	11	125
200	250	3	20	500
100	125	1	30	258
90	112	3	23	225
80	100	1	16	200
70	87	3	9	175
60	75	1	2	150
50	62	2	35	125
40	50	0	28	100
30	37	2	21	75
20	25	0	14	50
10	12	2	7	25
9	11	1	6	210
8	10	0	5	395
7	8	3	4	580
6	7	2	4	140
5	6	1	3	325
4	5	0	2	510
3	3	3	2	70
2	2	2	1	265
1	1	1	0	7

Roods	A.	R.	P.	Pts.
3	0	3	30	330
2	0	2	20	220
1	0	1	10	110

Perchs.	A.	R.	P.	Pts.
1	0	0	1	159
2	0	0	2	318
3	0	0	3	477
4	0	0	5	11

Irish. Pes.	Cunningham. R.	P.	Pts. 625.
5	0	6	170
6	0	7	329
7	0	8	488
8	0	10	22
9	0	11	181
10	0	12	340
11	0	13	499
12	0	15	33
13	0	16	192
14	0	17	351
15	0	18	510
16	0	20	44
17	0	21	203
18	0	22	362
19	0	23	521
20	0	25	55
21	0	26	214
22	0	27	375
23	0	28	532
24	0	30	66
25	0	31	125
26	0	32	384
27	0	33	541
28	0	35	77
29	0	36	236
30	0	37	395
31	0	38	554
32	1	0	88
33	1	1	347
34	1	2	406
35	1	3	565
36	1	5	99
37	1	6	258
38	1	7	417
39	1	8	576

Note. The Cunningham Perch is 18 Feet and 9 Inches.

O

Cunningham Measure reduced into Irish Plantation Measure.

Cunningham. Acres	Irish. A.	R.	P.	Pts. 784.	Cunning. Pes.	Irish. P.	Pts.
900	717	1	35	720	5	3	773
800	637	3	0	640	6	4	614
700	558	0	5	560	7	5	455
600	478	1	10	480	8	6	296
500	398	2	15	400	9	7	137
400	318	3	20	320	10	7	762
300	239	0	25	240	11	8	603
200	159	1	30	160	12	9	444
100	79	2	35	80	13	10	285
90	71	2	39	464	14	11	126
80	63	3	4	64	15	11	751
70	55	3	8	418	16	12	592
60	47	3	13	48	17	13	433
50	39	3	17	432	18	14	274
40	31	3	22	32	19	15	115
30	23	3	26	416	20	15	740
20	15	3	31	16	21	16	581
10	7	3	35	400	22	17	422
9	7	0	27	752	23	18	263
8	6	1	20	320	24	19	104
7	5	2	12	672	25	19	729
6	4	3	5	240	26	20	570
5	3	3	37	592	27	21	411
4	3	0	30	160	28	22	252
3	2	1	22	512	29	23	93
2	1	2	15	80	30	23	718
1	0	3	7	432	31	24	559
Roods / A. / R. / P. / Pts.					32	25	400
3	0	2	15	520	33	26	241
2	0	1	23	608	34	27	82
1	0	0	31	696	35	27	707
Perches / A. / R. / P. / Pts.					36	28	548
1	0	0	0	625	37	29	489
2	0	0	1	466	38	30	230
3	0	0	2	307	39	31	71
4	0	0	3	148			

One Guinea being One Pound, Two Shillings,
and Nine Pence, Irish.

Guineas	L.	s.	d.	Guineas	l.	s.	d.
1	1	2	9	60	68	5	0
2	2	5	6	70	79	12	6
3	3	8	3	80	91	0	0
4	4	11	0	90	102	7	6
5	5	13	9	100	113	15	0
6	6	16	6	200	227	10	0
7	7	19	3	300	341	5	0
8	9	2	0	400	455	0	0
9	10	4	9	500	568	15	0
10	11	7	6	600	682	10	0
20	22	15	0	700	796	5	0
30	34	2	6	800	910	0	0
40	45	10	0	900	1023	15	0
50	56	17	6	1000	1137	10	0

THE END.

ADVERTISEMENT.

TO Noblemen and other Proprietors of Eſtates, who have an ardent Deſire for improving the ſame, the Author of thoſe Tables addreſſes himſelf, and in particular, to Noblemen and Gentlemen reſiding in *England*, who have Eſtates in *Ireland*; aſſuring them that his Method of ſurveying Land, is found the moſt uſeful and ſatisfactory. At one View is ſeen, the Topographical Appearance of the whole ; the Quantity, Quality, and preſent Value of each Farm, with the exact Account of the Timber on the whole Eſtate ; by which Return, the Nobleman or Gentleman becomes perfectly acquainted with the Circumſtances of his Eſtate, the ſame as if reſident thereon.

The Proprietors of common Field Land in *England*, may by Application to the Propoſer, have them ſurveyed in a juſt and ſatisfactory Manner, and divided agreeable to the different Acts of Parliament.

Thoſe who want to purchaſe, ſell, or mortgage Lands or Houſes, may have the ſame negotiated by him with the greateſt Probity and Punctuality ; and alſo with the utmoſt Secrecy if required. Principals only will be treated with. Commands addreſſed to *Bernard Scalé*, Land Surveyor, Topographer, and Valuer of Eſtates, at his Houſe, in *Lower Abbey-ſtreet*, *Dublin*, ſhall be particularly attended to ; or to Mr. *A. Morley*, Merchant, *Watling-ſtreet*, near St. *Paul's*, *London* ; *John Morley*, Eſq; *Halſtead*, *Eſſex* ; Mr. *Morley*, Merchant, *Colcheſter* ; Mr. *Palmer Firmin*, Merchant, *Dedham*, *Eſſex* ; and by *Thomas Omer*, Eſq; *Bath*.

N. B. No Letters will be attended to, unleſs free or Poſt-paid.

Old Surveys copied, and transferred into Books in a very elegant and compleat Manner, for Perpetuity ; Modern Surveys examined, Maps drawn for Leaſes ; Demeſnes and Improvements ſurveyed, and drawn with Care and Elegance ; Drawings and Books of many Thouſand Acres of different Improvements may be ſeen.